体」を忘れた日本人
JAPANESE,
AND THE LOSS OF
PHYSICAL SENSES

「身体」を忘れた日本人
JAPANESE,
AND THE LOSS OF
PHYSICAL SENSES

第一章 森と川と海のこと 9

第二章 食べること、住まうこと 39

第三章 子どもたちと教育のこと 67

第四章　虫のこと、動物のこと　101

第五章　五感のこと、意識のこと　139

第六章

聞くこと、話すこと 169

第七章

これからの日本のこと 201

第一章

森と川と海のこと

荒れた森を再生する

――今日はニコルさんがつくられた長野県・黒姫の「アファンの森」で、お二人にお話をしていただきたいのですが、お二人が初めてご一緒に仕事をされたのも、森に関する委員会だったとうかがっています。

養老 10年ぐらい前に、東京都が「花粉の少ない森づくり運動」推進委員会というのをつくったんです。当時の石原慎太郎都知事が花粉症だったからだと思うんだけど。それで、石原さんに頼まれてその委員会に行ったら、ニコルさんがいた。

ニコル 僕も、石原さんに頼まれたんです。

――そのときのお互いの印象はいかがでしたか？

養老 僕は初めから知っているような気がしましたね。

ニコル 養老さんは口数が少ないですから、最初はちょっと怖い感じがしました。

――養老先生は以前にアファンの森に来られたこともあるんですよね？

養老　花粉症の委員会のあと、「日本に健全な森をつくり直す委員会」というＮＰＯにも、ニコルさんと一緒に参加するようになって、そこの活動で来ました。

ニコル　今日は、また、アファンに来ていただいてありがとうございます。私は養老さんをすごく尊敬しています。今日は、こうやってお話しできるのが、光栄でうれしいです。

養老　勘弁してくださいよ。

――先ほど、お二人と一緒に森の中を散策させていただきましたが、明るく開けていて、鳥の鳴き声も聞こえるし、養老先生のお好きな虫もたくさんいるし、素晴らしいところですね。ニコルさんはなぜ、こういう森をつくろうと考えたんですか？

ニコル　私は１９６２年に初めて日本に来て、黒姫には１９８０年から住んでいます。黒姫に来たときは自然が豊かな素晴らしいところだと思いました。

でも、近くの原生林がどんどん伐採されていく。黒姫だけじゃなく、日本中、環境がどんどん悪くなっていく。いくら環境保護を叫んでもよくならない。それで、自分でやるしかないと思って、森を少しずつ買って手入れを始めたんです。

――「アファンの森」という名前の由来を教えてください。

ニコル 私の生まれ故郷はウェールズ。そこに「アファン・アルゴード森林公園」があります。「アファン」は「風が通る谷」という意味です。私が小さい頃、ウェールズは炭鉱だらけだった。ボタ山がいっぱいあって、森なんてなかった。でも、そこに木を植えた人たちがいて、素晴らしい森林公園ができた。それで、私もがんばろう、黒姫ならもっといい森ができると思って、名前をもらったんです。

2002年には財団をつくって、それまで買ってきた森を寄付しました。いまは、いろんな人や会社が協力してくれる。若い人もここに来てくれる。森の面積も増えました。

――森の再生はどういうふうにやるんですか？

ニコル　木を元気にするためにいろいろ手入れをします。たとえば、ここは最初、ササが多かった。ササが多いと、木が育たないから、まず、ササを刈ったんですね。水路もめちゃくちゃだったから、直した。下草刈りもするし、混み過ぎた木も切る。そうして木が元気になると、花も咲くし、虫が来る。虫を捕る鳥や、動物も住めるようになります。いまはフクロウも来ますよ。

そういう活動が認められて、少し前から、隣の国有林の手入れもやらせてもらえるようになったんです。

――さっき見た人工林ですね。素人目にも杉がぎっしり植えてあって、暗い感じがしました。

ニコル　林野庁がほとんど手を入れていなかったから、アファンの森とまるで逆です。それでまず、土の質や木の状態を調べて、ゾーニングしました。ここは杉、カラマツのいい材を育てよう、ここはかなりひどいから自然林に戻そう、ここは広葉樹を植えて針葉樹との混合林にしようとか、ゾーンごとに考えてやっています。

日本の杉は苦しがっている

養老　杉の人工林は最初、いっぱい植えて、あとから間伐して、太い木に育てるんです。きっとここの国有林は間伐の手抜きをしたんですね。

ニコル　最初にたくさん植えるのは、そうすると、まっすぐ伸びるからです。

養老　日本の杉は、「植え過ぎ（スギ）」って言われます。本当は、杉は、周りが杉じゃないほうがいいんですよ。広葉樹のなかに生えているほうが、杉ものびのび育つ。でも、いまは、日本中、人工林だらけです。

ニコル　森林監督官をしてる僕のアメリカ人の友人が日本の杉の人工林を見て、「花粉が多いのは、成長が止まって苦しいから、子孫を残すために必死に花を咲かせているからじゃないか」と言ってましたね。

養老　まさに「死に花を咲かせる」状態なんですね。

日本は戦争中に木材を燃料としてたくさん使ったから、森林は過伐状態だったんですよ。戦争が終わって、戦後の復興で家を建てるのに木材が必要になったけれど、足りない。それで、国策として杉を植えた。だから、人工林がすごく増えた。

当時、杉やヒノキは関税で保護されていましたから、国際価格の3倍で売れたんです。吉野杉だったら1本100万円で売れた。ところが、1964年に関税が撤廃されて安い外材が入ってくるようになった。それで、林業をやる人が減り、森林が荒れてしまった。

いまや日本の木材の自給率は2割です。その代わりに、アジアの森を伐採している。現地で実際に伐採しているのはマレーシアとか中国の企業ですけど、買っているのは日本です。台湾のヒノキは、伐採禁止になる直前に駆け込みで伐採された。その送り先を見たら、みんな日本だったそうです。

林業も、いまの感覚で合理的に考えてやれば、成り立つはずなんです。実際、僕の知人が、県庁を辞めて会社をつくり、森林組合の下請けをやって、社員にちゃんと給料を払っている。やりようによってはできるんですよ。なぜそれをやらないかというと、昔からやっている人は1本100万円の時代を知っているから、「またそういう時代が来ないかな」とどこかで思ってるんです。成功体験ってすごく邪魔になるんですよ。

ニコル 日本はこんなにたくさん森があるのに、森の中で働いている人は圧倒的に少ないですね。それなのに、後ろで管理している人は多いからコストがかかる。だから、コストのことだけ考えたら、パッと海外から買ってきたほうがいいということになってしまうんです。

でも、そうすると、木の種類や大きさをそろえたほうが通関がラク。だから、いろいろな材木を使わなくなって、建物に個性がなくなっちゃった。

馬に木を運ばせる

ニコル さっきの国有林は、暗くて地面に日が当たらないから、草が生えない。だから、地面が硬くてやせています。

養老　杉はすごく水を吸いますしね。

ニコル　私たちが間伐したんですけど、間伐した木を機械で運び出すと、もっと土が硬くなってしまう。それで、どうしようかなって思って、養老さんもご存じの「馬搬（ばはん）」をやることにしたんです。

昔は日本でも木を馬で運び出しているところはいっぱいあったけど、いま日本で馬搬をやれる人は数人しかいないです。遠野にいる馬方さんにお願いして、馬と一緒に来てもらって、間伐材を運び出してもらいました。馬は強い。機械と同じぐら

い運び出せるんです。1日40本以上も運んでくれました。

——すごいですね。

ニコル 日本の林業って、ほんとうにダメ。何も考えないで木を植えて、切った材木を運び出せなくなっちゃって、結局大きなトラックが入れるような林道をつくったり、切り捨て間伐（育林だけを目的に行われる、伐採した木を搬出しないままにしておく間伐）をやったりしている。この近くで、数億円かけて林道をつくって、天然林を全部伐採して、運び出せた材がいくらだったと思いますか？　1千万円だったそうです。でも、馬を使えば、林道をつくらなくても、大きな道のところまで引っ張ってこられる。

それで、ここに馬小屋をつくって、馬を飼うことにしたんです。

養老 一大決心ですね。

ニコル それはもうたいへん。でも、私は馬を飼わなくちゃいけないと思いました。その意味はいっぱいあります。一つは、小さな森の財団が森をきれいにしているけど、ちょっと足踏みしてるから、新しい可能性のあることをやらなくちゃいけない。もう一つ、心の裏の裏では、馬を見た人が、馬を見たことをきっかけにして、日本を昔みたいにきれいにしたいって思ってほしいんです。

僕が最初にここに来た頃は、ヒバリが空を飛んで歌っていた。でも、もうなんにもない。美しい牧草地もブタクサだらけになってしまって、どうしようもない。僕はこの日本が大好きだから、日本人、もうちょっとしっかりしましょうよと言いたいんです。でも、みんなに納得してもらうには、何かが必要。それで、「この森には馬も入っているな」と思ってくれたら、納得してもらえるかと思ったんです。

いままでも、森の中で馬を飼おうとしたところが何カ所かあったんですよ。でも、だいたいウエスタンで、カウボーイみたいな格好をした人が森の中で乗馬する。それは、日本の森の中では危ないからダメ。僕は森の中で働く馬をみんなに見せたい。

昔は、馬が働いていたんだから、その記憶が日本人の心の中の遺伝子にあって、みんな馬を見たら、初めてでも、「ああ、なんとなく懐かしい風景だ」って感じると思う。そしたら、こういう風景を大事にしたいって思うでしょう？　馬を飼うには牛飼いの仲間に頭を下げて、干し草を分けてもらう。そしたら、牧草地も元に戻るかもしれないでしょう？　でも、馬の面倒を見られる人は、自分しかいない。じゃあ、自分でやろうと決めたんです。僕ももうすぐ74歳だけど、「孫やひ孫の代まで責任を取る！」って思って、やっていますよ。

養老　田舎なんだから、馬がいるのは当たり前だよね。若い人には信じられないでしょうけど、僕が小学生の頃までは、鎌倉市内にも馬と牛がたくさんいたんですよ。車がないんだから、重いものを運ぶには馬か牛を使うしかない。だから、町は馬糞と牛糞だらけだった。鎌倉には、「やぐら」という岩山の洞窟がたくさんあって、岩は軟らかいし、雨風はしのげるし、夏は意外に涼しいんで、そこで馬も牛も飼ってました。

ニコル　僕は、馬にはいっぱい働いてもらいたいんです。秋から冬は馬搬で木を運んでもらう。夏は休耕田で馬耕をやってもらう。馬車を引いてもらうのもいいなと思ってます。あと何年か先に養老さんが黒姫にいらっしゃるときには、馬車で駅まで迎えに行きますよ。

養老　いいですね。外国からの新任の大使が天皇陛下に挨拶に行くときに、東京駅から皇居まで馬車で行くんです。観光だけじゃなく、馬車をもっと使えばいいんですよ。

――ここでどういう馬を飼うんですか？

ニコル　木曽馬です。長野県の天然記念物ですけど、交渉してＯＫを取りました。木曽馬はいま１５０頭しか残っていない。木曽馬保存会の人たちががんばっているけど、活用されていないんです。ほとんどが種の保存のため。それから好きで飼っているだけ。

でも、木曽馬は足が短くて、がっしりしているから、山の斜面で木を運ぶのに向いている。ヒヅメが硬いから、蹄鉄がなくても馬耕ができる。そうやって働いてもらうのが、ほんとうの保存だと思うんです。

あと、昔は鎌倉の町にもあった馬小屋を掃除したら、馬糞とわらが出る。それを肥料にしたら、いいお米や野菜がとれるようになりますね。そんなふうにいろんなことをやって、この地域が少しずつ変わっていけばいいなと思っています。

養老　その通りですね。馬が生活に入り込んで、馬がいるのが当たり前っていうふうにしなければ、意味がないんですよ。僕も、里山保全の活動に付き合ったりするけど、手を入れるといって柴を刈っても、燃料に使うわけじゃない。結局実用性がないから、活動が続かなくなってしまう。だから、システムに組み込むことが大事なんです。

木の力、森の力

養老　間伐もそうなんですよ。切り捨て間伐になっちゃうのは、間伐材が材として回るようなシステムがないからなんです。間伐を進めるために、とりあえず間伐に補助金を出しても、伐採した材木は売りようがない。材木を市場に出すと、市場が狭いから値段が下がる。つまり、間伐を進めるほど値段が下がってしまうという状況なんです。ということは、間伐を経済的に成り立たせようと思ったら、間伐材を使うという仕組みをあらかじめつくっておかなくちゃいけない。だから、どこかをいじろうと思ったら、全部いじらなくてはいけなくなるんです。

ニコル　隣の国有林の間伐材はもっと問題がありました。間伐だけじゃなく枝打ち（枝を幹から切り落とす作業）もしていなかった。枝を落としていないから、枝の付け根が「死に節」になって、穴が開き、材として使えないものが多かったんです。間伐材で岡村製作所が素敵ないすをつくってくれたんですけど、馬搬で運び出したうちの3％しか使えなかった。残りは、チップにして、森の散策路にまきました。

でも、「日本に健全な森をつくり直す委員会」にお願いして、この材は馬搬で運んだものだっていう「馬搬認証」をつくってもらったんですよ。いすには、そのマークの焼き印が押してある。それを見て、いいなと思って買ってくれる人がいるとうれしい。馬耕でつくった野菜も、「馬耕でつくったよ」ってアピールしたいと思ってます。

――木は二酸化炭素を吸収して、それは燃やさなければ外へ出てこないから、木を使うことは、地球温暖化対策という意味でも、すごくいいんですよね。

養老　しかも繰り返し繰り返し使えるでしょう？　最近は、日本でも、学校を木でつくるようになってきています。日本人は昔から木で家をつくってきたんだから、当たり前の話ですよ。

テレビで見たんだけれど、ほんとうは集成材を使って、木造で5、6階建てをつくるのが一番いいらしいです。しかも、集成材は断熱性が高くて、火が出ても、隣の部屋になかなか燃え広がらない。それを実験で確かめてました。ただ、集成材の利用は、北欧では進んでいるのに、日本では進んでいない。集成材を使えば、アジアの森を切って迷惑をかけることもなくなるのにね。

ニコル　森は材を生み出すけど、それだけじゃない。いろいろな力があるんです。うちの若い女性スタッフが、森の分解力を研究している。その話を聞くと、アファンの森は、隣の国有林よりずっと分解力が強いんですよ。

彼女は、ネズミの死骸を、アファンの中の明るい落葉樹林と、国有林の中の暗い杉林に置いて、毎日、どのぐらい分解されていくかを調べた。そしたら、アファンのほうは、1週間もしないうちに、骨までなくなってしまった。

——骨まで分解されちゃうんですか？

ニコル　骨まで持っていかれる。ほ乳類が死骸を持っていかないように金網をかけてあったけど、間を通り抜けてしまう虫が、頭だけをどこかに引きずっていって、食べたりしたみたいです。ところが、国有林の中では1週間経ってもそのままで、毛もついたまま。やっと3週間くらい経って分解されはじめて、1カ月くらいかかった。

森が違えば土壌が違う。土壌が違うと、地面を這い回る虫も、土の中にいる生き物も違う。それで、こんなに差が出たんです。

でも、杉林が全部ダメというわけじゃないですよ。間伐をして、明るくなったら、1年経たないうちに地表の植物は変わって、すごく豊かになった。そうなると土も豊かになるから、分解力は変わるかもしれない。それで、彼女は、手を入れたところに、もう一度ネズミの死骸を置いてみるって言ってます。

森と川、そして海のつながり

ニコル　カナダでも、昔、森林の伐採をした。そしたら、ある山で地すべりが起こって、川が土砂でいっぱいになって、サケが上がれなくなったんですね。実は、私の義理の息子が、ダメになった川を直す専門家で、その川を直した。コンクリートを一切使わないで、56キロメートルの川を直して、サケの稚魚を放したんです。そして何年か待ったけど、サケはあまり戻ってこなかった。

なぜ戻ってこないのかと思って、川の速さ、砂利場があるか、それから夏の暑いときに冷たい地下水が入るか、稚魚が逃げる場所があるか、酸素の量、汚染されているかなど全部調べたら、絶対サケが住めるはずの川だったんですね。ちょっと離れたところにある同じ条件の川で、伐採がなかったところは、もう現役のサケの川。そこと何が違うかって調べたら、答えは水生昆虫だったんです。

サケが川を上がって、産卵して、死ぬ。そして、その死骸が微生物に分解されて、コケやプランクトンの栄養になる。それを食べて水生昆虫が育つ。それを食べてサケの稚魚が育って、海に行く。そして、生まれた川に戻ってくる。このことを、カナダの少数民族は、「山の香りと親の香りがあるから戻ってくる」と言ってました。山の香りだけじゃなく、親の香りが必要なんです。

だから、義理の息子は、直した川に、「ほっちゃれ（死んだサケ）」をばらまくことを考えた。だけど、熊がいる山にサケを背負って行くと、とっても危ないからやめた。その代わり、ほっちゃれの栄養を調べて、ゆっくり溶けるペレットにして、ヘリコプターで川にばらまいたんです。そしたら、ドンとサケが戻ったんですね。６７００万匹も。

最近、私は宮城県の東松島にしょっちゅう行ってますけど、近くの鳴瀬川にもサケが上がるんですね。その鳴瀬川のサケの専門家が、「日本のサケが弱くなって、自分で川に戻れない」って言うんです。でも、私は「違います。サケが弱ったんじゃなくて、川を最後まで上がって戦って死なせてないからです」と言っている。すると、「死んだサケは臭いからクレームがくる」とか、言い訳が聞こえてくるんですね。

言い訳だけじゃない。日本の川には、サケやウナギ、いろんな魚が海から戻ってきてた。北海道から北九州まで、サケが上ってくる川があった。でも、ダムや堰をつくって、海と森のつながりを全部切ってしまった。どうして直さないかと思いますね。日本人はそんなにバカじゃないから、ちゃんと説明したらわかってくれると思うんですけど……。ごめんなさい。僕一人の演説になっちゃった。

養老　いえいえ、気にしないで。

確かに、僕が子どもの頃は、鎌倉にもウナギはたくさんいたんです。梅雨どき、小学校の帰りに、道の上をウナギが這ってるのを見たこともありますよ。池で飼ってるウナギが海を目指して移動してたのかもしれないな。でも、ウナギを川に戻すのはなかなか難しいと思います。いまは、稚魚を捕ってきて養殖してますね。あれで育った親が故郷に帰って産卵して、またちゃんと日本の川を上ってくればいいんですけど、まだそこまでいってない。なにしろ、マリアナ沖の海山で卵を産むことが最近わかったぐらいで、生態がほとんどわかってませんから。

——だから高いし、産地の偽装をしたりする。

養老　川は、沿岸漁業との関係も大きいと思いますね。昔は、小田原でブリが年間に100万匹とか、500万匹とか捕れたんですよ。今は500匹。相模川とか酒匂川を殺したからです。それで、沿岸漁業はみんなダメになった。小樽のニシンもそうじゃないですか。ニシンが海面を埋め尽くすほど

だったというけど、川を殺したから、岩場に海藻が生えなくなって漁場が焼けちゃったんです。

沿岸漁業を生かすためには、川から直さなきゃいけません。でも、川に手を付けるということは、森もちゃんとしないといけないということなんです。結局、そこから直さないと、沿岸漁業は復活しないと思います。日本はこんなに豊かな国で、日本人は魚をたくさん食べるのに、なんでこんなに魚をいじめたんだろうって思いますね。

ニコル 明治時代までは、日本はものすごく美しい国だったのに。

養老 それについては、カッテンディーケという、幕末に長崎にいたオランダの人の日記があってね。長崎に入港したときに、水夫が「ここは天国だ」って言ったって書いてるんですよ。喜望峰を通って、インドを通って、中国の沿岸も回ってきたのに、長崎みたいな素晴らしい風景はどこにもなかったんですね。

ニコル ペリーも、最初、下田に来たとき、「日本は庭の国だ」って言ってますね。ペリーのオフィサーも、町にはゴミが一つも落ちてない。日本の男の人は唾を道に吐かない。それでキジとか山鳥が歩いていた。子どもたちはニコニコして幸せそうだって書いている。

──外国から来た人がびっくりするほど、きれいな国だったんですね。日本で川に堰をつくるようになったのはいつ頃からなんですか？

ニコル 主に戦後ですね。

養老 さっきも言ったけれど、戦争中からずっと過伐状態がずっと続いていた。それがたぶん影響しているんです。山の木を切って使ったために、水害がひどくなってきた。それで戦後、建設省河川局が一生懸命水害を防止しようとして堰をつくったんでしょう。エネルギーがないから、水力発電のためのダムもどんどんつくった。

川は「流域」で考えよう

ニコル ダムができると、サケが川を上れなくなってしまいますね。だから、バンクーバーのある川では、ダムの下流側でサケを捕まえて、タンカーに入れて運んで、上流側で放している。逆に、下りてこられるようにもしています。

近自然工法みたいなことをやっている川もあります。小さなダムを外したり、大きな切り株を置いたり、石を並べてプールをつくったり、アシが生えるような場所をつくったりとか、いろんなことをやっていますね。

養老　関東では、三浦半島の小網代というところで、小さな川の水源から海岸の干潟まで、川と流域の谷を丸ごと保護する活動をやっています。サケが上るというような実用性は一切ないんだけど。

進化生態学者の岸由二さんがNPOをつくって尽力されて、最近、流域が全部県有地になって保全に成功し、もうすぐ一般公開するはずです（2014年夏に公開された）。でも、そのままにしておくと、水路が壊れたりするから、岸さんたちがいつも手入れしています。ここはもうじき崩れるとかいうのがわかるけど、それはほっといて壊す。それから間伐材を入れたり、水の流れを調整したりして、絶えずやってます。岸さんは、小網代の保護に一生をかけていますよ。

僕も、自分が理事長をやっている保育園の子どもたちを連れていったりするんだけど、干潟にはベンケイガニや、小さいときに見ていたアカテガニなんかがいくらでもいます。鎌倉では絶滅しちゃいましたけど。チゴガニやシオマネキもいて、全部で80種類以上もカニがいる。

でも、そういう努力をしないと、川って、簡単にダメになっちゃうんです。僕の家の近くにあった滑川(なめり)っていう小さな川も、一度、全部ダメになった。下水が不備で、洗剤が使われ出したときに排水が全部流れ込んだからです。下水を直して、だいぶかかってやっと元に戻った頃に、鎌倉市役所がコイとフナを放した。生態系をまったく考えていないバカな話です。まあ、サギがコイを捕ったりしてますからいいですけど。

――川は上流から順番にいろいろな生態系を支えていますから、丸ごと保護するのは、とても大事ですよね。

養老　だから、戦後の反省もあるんでしょうけど、やっといま、流域でものを考えよう、山も海も里もつなげて考えようっていう方向になっていますね。
　新幹線は流域を横に切って走ってますけど、流域は縦に長い。そして、流域には流域の暮らしがある。実際、日本では、分水嶺が行政上の境界になっているところが多いんです。宮城県の南三陸町は典型的で、分水嶺の中が町になっているんですよ。だから、流域思考でいくのがそもそも当たり前なんです。

ニコル　僕が勤めていたエチオピアのシミエン国立公園のそばに、タカゼ川という川があります。ナイル川の支流なんですけど、そこにダムをつくる計画があって、いま、エジプトとすごくもめています。ナイル川の流域は、一つの国じゃないからたいへん。

養老　海も同じようなものですね。

ニコル　私のおやじは海軍に勤めていた。そのおやじが「海は7つもありません。一つです」といつも言っていました。海は全部つながっていますから。

養老　僕はカナダに一度行ったことがあるんですよ。10年ぐらい前かな。バンクーバーから水上機で北上して、プリンセス・ロイヤル・アイランドの近くに停泊する船に泊まったんです。そこで、サケを釣ったり、うちの女房がすごくでかいオヒョウ（大型になるカレイの仲間）を釣ったりした。

ニコル　私も、10年ぐらい前にプリンセス・ロイヤル・アイランドに行きましたよ。

養老　北の海の中の生き物は、みんなに行って見てもらいたいぐらい豊富ですね。南の海は、水がきれい過ぎてなんにもいない。

ニコル　北の海には、コンブの森なんかがありますから。

養老　ヒトデやイソギンチャクが海の底にじゅうたんみたいにべったりいる。オキアミもすごい量ですよ。なにしろクジラを育てているんですから。

ニコル　でも、海の豊かさは、やっぱり保護しないと守れない。そのいい例は、イワシです。カナダの娘のところの沖で大きいイワシが捕れる。漁師にビールを1ケースあげて、そのイワシをもらって。刺身にして食べたらおいしかったな。バーベキューで焼こうとしたら、脂が強くて、火事みたいになっちゃったけど。

このイワシは、80年かけて、メキシコとカリフォルニアとカナダが保護して、やっと戻ってきたんです。昔は、イワシが小さいうちに捕って食べていたから、どんどん減ってしまった。だから、捕り過ぎないようにして、保護したんです。それで大きいイワシが増えた。

カナダでは、いまでも毎年、量を決めてイワシを捕っています。でも、その6割は日本が買っている。なぜかというと、延縄（はえなわ）漁のえさにするんです。日本人はイワシが大好きなのに、なんでそんなもったいないことするのかなと思います。えさにしないで、食べればいいじゃんて。

――イワシより高い魚が捕れるから、えさにするんですね。

ニコル　そう。マグロやカジキ。それと、養殖場のえさにも使っている。

養老　マグロは捕るのを禁止にすればいいと僕は思ってます。10年ぐらい食べなくたっていいでしょう？

日本の漁業は問題だらけだから、極端なことを言えば、漁業権の補償費だけ払って、魚を捕らないほうがいいぐらいですよ。

第二章

食べること、住まうこと

田舎の力

ニコル　僕が初めて信濃町に来た1980年には、人口が1万2000人でした。いまは9000人に減ったんですけど、アファンの周りだけ増えているんです。

養老　おそらく、若い人が入ってきてるんでしょう。

ニコル　長野に通ってる若い夫婦と、リタイアした人ですね。私に憧れてというわけじゃないけど、アファンでやっていることは認めてくれてるんじゃないかなと思ってます。でも僕とは付き合いたくないよね、うるさいから（笑）。

養老　怒るしね。

ニコル　そうそう（笑）。ほんとうは全然うるさくないけどね……。

養老　いま、人口構成で見ると、大阪も広島も、20年前の鳥取県なんですよ。

ニコル　どういう意味ですか？

養老　猛烈な勢いで高齢化しているんです。20年前から。もう大都会じゃなくて、年寄りがいるだけ。

それで、いま人口構成が一番適正なのは、「田舎の田舎」なんです。ここみたいな普通の田舎じゃなくって、田舎のなかでも片田舎みたいなところ。そういうところは、人口が少ないから、子どもが2人いる夫婦が2、3組入ると、たちまち人口構成が変わってちょうどよくなる。そういう地区の分布を見たら、高知とか、山口とか、明治維新を起こした藩があったところに多いんです。だから、僕はそのうちに、そういう地区からまた明治維新が起こるんじゃないかと思ってます。

――でも、そういうところって、いわゆる「限界集落」ですよね。

養老　いや、もっと田舎です。

限界集落をみんな「かわいそう」みたいに言うんだけど、全然違いますよ。若い人がいなくても年寄りが暮らせるくらいにいいところなんですよ。しかも、子どもたちが都会に来いって言ったって行かないんだから。ただ、そういうところは年寄りががんばっちゃって、若い人が入れないんですよ。年寄りが「後継者がいない」って嘆くんだけれど、そう言ってる年寄りがいるから、若い人が来ない。

だから、若い人は田舎のなかの田舎に行くといい。もともと人は少ないし、20〜30年待てば近所の年寄りは全部いなくなるから、好きなことができる。田舎を活用するいろいろなアイデアが実現してくると思いますね。それで、明治維新と言ったんです。

ニコル　最近、大きなゲーム会社の下請けをやってる会社が本社を東京から長野に変えたんです。社員が60人ぐらいいて、若い人は東京に残ってるけど、子どものいる家族はみんな長野に引っ越し。

その会社の社長さんも、東京で自分の子どもを見て、こんなところで育てていいのかなって思ったみたい。社員の人も、創造力が弱くなって前のゲームをまねしたゲームしかつくれなくなったから、きっと自然の中に行けよって思ったんですね。

都会の罠

養老　都会の生活は変化がないですからね。いつもエアコンで部屋の温度は同じ、風は一切来ない、明るさも一定。これじゃあ、感覚が完全に狂っちゃいますよ。

ニコル　都会の人は家畜化してると思う。

養老　都会の人は弱いですよね。僕は、それ一番よく象徴してるのが、第二次大戦のときにナチスに殺されたユダヤ人だと思う。ユダヤ人って結局都会の人なんですね。だから、抵抗しないで300万人も殺されてる。普通なら、そんなことあり得ないよね。誰かが抵抗するでしょう?

『ミヒャエル・コールハース』っていうドイツの古い小説があって、16世紀に農民が王様と徹底的に戦ったという話なんだけど、農民ってそういうことやるんですよ。都会の人には、ああいう強さがなくなっちゃった。

だから、何やっても「きれいごと」になってるんですよ。虫採りに行っても、とにかく犬の死骸でもなんでもひっくり返して、虫を集めるっていうようなしつこさっていうか、泥臭さがなくなって、スマートな人ばかりになっちゃった。

顔つきも変わりましたね。僕、ブータンに行くと、それをしみじみ感じるんです。ブータンはまだ国中が田舎みたいなもんだけど、日本人とそっくりな人がいるなって思うと、その人は首都ティンプーの役人なんですよ。都会人っていうか、日本人は、みんな役人みたいな顔になっちゃったんです。

ニコル 養老さんは、前から、都会と田舎を行き来する参勤交代のような仕組みをつくったらいいとおっしゃってますけど、僕はほんとうにいいじゃないかと思ってますよ。

僕は、ここに住んで33年経ちますけど、親のお金はなかったし、「カブ」は野菜のカブしか知らない。でも、ここには自分の家も、畑もある。銀行にお金はないけど、赤字はない。財団もつくった。物書きで、元は外人です。こんなこと、ずっと東京か大阪にいたらできたと思う？〝Absolutely

impossible!〟（絶対無理）
日本に住みたいと思って、土地を譲ってもらって家をつくった。それで、日本中の人が、「あ、君はずっと日本にいるの？」「日本が好きなんだね」「君との付き合いは信用できるね」と思ってくれたから、財団ができた。やっぱり自分の土地があって、この人はここにいる、ずっと長い付き合いができるって信頼が、日本でも、世界でも必要ですね。

僕は会う人にいつも、〝You come back 10years from now. If I am alive, I'm here. If I'm dead, my grave is in Afan.〟（10年したらまた来て。もし私が生きていればここにいる。もし死んでいたら、お墓はアファンにある）って言います。「僕のいる場所はもう絶対ここだ」と決めている。でも、都会も必要。だから、参勤交代っていいと思うんです。誰かが都会に行っても、田舎に家族がいたり、ルーツがあったりして、田舎に戻れるのがいい。

養老　都会から移り住むのは難しくてもね、せめて1カ月休んで田舎に行けば、人が変わると思うんです。ただ、日本人は、自分だけ休むのはダメだから、会社ごと、官庁ごと、1カ月休むというふうに強制しなければ実現しない。あるいは、「1カ月休まないと、来年の休みはなし」という罰則でもつくるとか。

虫は貴重なタンパク源だった

ニコル 私はアファンの森でいろいろなものを食べます。この時期だったら、ブナの新芽がおいしいよ、とかね。

養老 それは、ルリクワガタの食べ物ですよ（笑）。

ニコル 僕は、カミキリムシも食べてみた。ちょっと焼いて食べたら、パリパリしててうまかった。養老さんは虫食べないんですか？

養老 いや、食べない、食べない（笑）。僕は標本にしてるだけですよ。

ニコル エビとかも、水の中の虫のようなものじゃないですか。同じですよ。昔、なぜ人類は人類になれたかというと、タンパク質がたくさん取れたからですね。でも、それは人類が狩りができたからじゃなくて、大量に虫があって、その食べ方と保存法を覚えたからだって言ってるアメリカ人の先生がいました。
アメリカの少数民族がプレーリー（北アメリカ大陸の中部から西部にかけて広がる、広大な面積を持つ温帯草原地帯）にいると、大量に大きなバッタが来た。それで、地面に穴を開けて熱い石を置き、バッタを入れて蒸し焼きにした。バッタだから、「虫」焼きね（笑）。焼いたバッタが何日ももったから、それを大量に食べられたという説なんですけど、どうでしょうか？　養老さん。

養老　ありえると思いますね。僕は、ラオスに虫を採りに行くけど、向こうの人は買った虫を食べてますよ。それに、カニクイザルは虫が好きで、クモの巣を全部はらって虫を食べてますから。カニと虫は食感が似てるのかもしれない。

ニコル　熊もものすごく虫が好きですよ。北アメリカのロッキー山脈で、ヒグマが蛾を一生懸命食べてるのを見たことがあります。北海道でヒグマのドキュメンタリーつくったときは、糞を見つけた。とてもきれいな糞で、それを調べたら、何千匹ものカメムシと、甘くてスパイシーなコクワの実を一緒に食べていたことがわかったんです。このヒグマは、そうとう「通」だなと思いましたね（笑）。

——ニコルさんは、どうして何でも食べられるんですか？

ニコル　私は17歳から北極探検に行ったんです。そのときに僕のおじいさんが、「人が喜んで食べているものは、一回何でも、ちゃんと食べてみなさい。偏見を持っちゃいけません。まずいと思っても顔に出すな」と言ったんですね。「嫌いだったら、顔に出さずに、〝No thank you.〟（結構です）と言いなさい」とも言った。でもね、僕は、人が喜んで食べているものは全部好きなの（笑）。どんな民族が食べてるものでも、全部好き。

養老　ベトナムではね、鹿の生き血を振る舞ってくれるんですよ。煮こごりみたいになったのをグラスに入れて。でも、そのとき食べたのは僕だけだった。日本人は引いちゃうんですよ。

ニコル　血を食べる民族って、結構いますね。フィンランドでは、トナカイの血を食べる。

養老　あのあたりなら病気はなさそうですね。

ニコル　僕は、エチオピアにいたとき、羊やヤギの脳みそも食べましたよ。

アラビアのロレンスが書いた『Seven Pillars of Wisdom』（知恵の七柱）という本を、13歳のときに勉強させられたんですけど、その中に羊の脳みそを食べる話があって、僕も食べてみたくてしょうがなかった。ほかの40人の男子学生は「気持ち悪い」と言ったけど、僕は「あー、うまそうだ」と思った。

エチオピアでは、毎週ベースキャンプで、羊かヤギを一匹食べたんです。そのとき、頭はいつもたき火の炭に乗せて焼いた。それをナイフで割って、塩こしょうして、スプーンですくってトーストに塗って食べた。うまかったですね。

ただ、鹿は、脳みそに病気があるから要注意です。肉は食べるけど。

養老　あまり知られてないと思うんだけど、野生のウサギには、野兎（やと）病という感染症があるから気をつけたほうがいいですよ。日本でも福島県あたりにある。

ニコル　僕はウサギをいっぱい食べますよ。

養老　食べるのはいいんですよ。調理のときに手を切ったりすると、そこから細菌が入る。

ニコル　ウサギは、生では誰も食べないですね。イヌイットも食べない。トナカイは生で食べますけど。

何でも食べられるのは「貴族」

ニコル　私は20歳のときに北極越冬隊に選ばれて、19カ月北極で過ごしました。その越冬の帰りに、モントリオールでステファァソンという探検家に会って話をする機会があった。彼は20世紀の初めにすごく有名だった人で、当時は80歳くらい。私は22歳でした。

ステファソン先生がいろいろ聞いてくれて、僕は「燃料が足りないからイグルーをつくってそこに寝泊まりした」とか、「熊やトナカイを食べた」とか、話したんです。彼が「君はイギリス人ですか?」と聞くから、「いえ、私はウェールズ人です。でも学校はイギリスです」と答えた。そうしたら、彼が「君は貴族ですね」と言うんです。僕は「冗談じゃない」と言ったんだけど、彼は「いや、貴族です」と言い張るんです。

なぜかというと、イギリスのワーキングクラス(労働者階級)の人は、いろいろなものが食べられないんです。知らないものは食べられない。昔の探検で、何も食べ物がなくても、アザラシや犬は食べたことがないから、食べられない。だから餓死するんです。ステファソン先生は「君は何でも食べられたんでしょう? だから貴族なんです」と言った。子どもの頃、貧しかったけど、食卓は豊かだったんです。

キャビアみたいにすごく贅沢なものを食べるわけじゃないんです。僕のばあちゃんが、大きな帽子かぶって、手袋して、バスケットを持って裏庭に行き、イラクサやタンポポの若芽とか、スイバを採って、いろいろと料理して出してくれた。白身の魚も料理してくれた。ばあちゃんは、ハーブの使い方をよく知っていたし、醤油も使ってた。レモンとゆずの違いもわかってた。自分でとったウサギも食べた。そういうものがすごくおいしかったんです。

――素晴らしいですね。でも、労働者階級の人は、なぜ、いろいろなものが食べられないんですか?

ニコル 貴族は、狩りをずっと続けてきました。少数民族ももちろん狩りはやるし、自然のモノを食べるけれども、貴族が国を支配するとき、少数民族がタダで自然の恵みを食べてしまったら、奴隷にできないんですね。だから、「おまえたちの食べ物はこれだけ」とやった。決まった食べ物だけを与えて支配した、というのが、ステファソン先生の説明だったんです。

養老 コンビニとかスーパーに支配されていますよ、いまの日本人の食卓も。日本人の食べてるものの種類はどんどん減っていると思いますよ。

ニコル それは残念。僕は探検のあとでうんと考えて、日本に来ましたでしょう？　長い間、探検ばかりしていて、食生活がすごい単純だったから、ほんとうに日本の食事がおいしく感じた。クジラの肉をドンと食べられたし、天ぷらからお寿司、焼き鳥、居酒屋……、みんなおいしかったですね。

空手の先輩たちが面白がって、寿司屋で「これ食えるか」「これ食えるか」って、いろいろ食べさせるけど、食えないものなんてなかったです。生け簀で飼ってたシャコも食べたけど、そのときは、「ペットを食べてもいいのかな」って思った。生け簀を知らなかったから（笑）。

あと、抹茶を初めて飲んだときは、青虫の味だと思いました。子どもの頃、グループの仲間になる儀式みたいなものがあったんです。青虫を口の中で噛んで口を開けて、ぐちゃぐちゃになったところをみんなに見せれば合格。飲み込んだらダメだったんです。抹茶はそのときの青虫の味だった（笑）。

いま、私が気になるのは、食べている生き物がどこから来ているのかを、日本のみんなが意識していないことです。

養老　イギリスのスーパーでは、「フードマイレージ」って言って、野菜や果物がどれだけ遠くから運ばれてきたかが表示されていますよ。日本では、スーパーに南アフリカ産のグレープフルーツがあったりする。わざわざ南半球から持ってこなくてもいいんじゃないかって思いますね。まあ、オーストラリアからそばを持ってくるなら、半年ずれて新そばが食べられるからいいかもしれないけど。

ニコル　オランダの花屋の花は、大部分ケニアから来ていますね。エチオピアからも来てる。

養老　実は、10年くらい前に、オランダで新種のゾウムシが見つかったことがあるんです。でも、オランダにいるはずのない種類だった。つまり、花についてどこかからオランダに来たんで、原産地はわからないんです。いまの世界では、それだけ植物を動かしているっていうことですね。

木を生かす適材適所

――このアファンセンターという建物は、ほとんど木でできてるんですね。

天井がすごく高い。

ニコル　この建物のコンセプトは、「壊しても環境を汚さない」ということですからね。しかも、この建物で、外国の材を使ってるのは、ストーブで薪を燃やすときのフイゴだけ。ほかは全部日本の木。柱は木曽のヒノキです。本当は、ここの近くの木でつくりたかったけど、うまく手に入らなくて、全国から集めました。

養老　でも、最近は、こういう木は余っているそうですよ。和風建築が減って、杉やヒノキの磨きの柱なんて使う人が減っているから。

ニコル　だから、林野庁が木材利用ポイントなんてつくったんでしょうね。杉、ヒノキ、カラマツを使って家を建てたら、電気製品なんかと交換できるポイントをくれるという。ここはその前に建てちゃったけど（笑）。

　林野庁は、杉、ヒノキ、カラマツ以外は「雑木（ざつぼく）」って呼んでるみたいだけど、僕はいつも怒っている。だって「雑木」って木はないでしょう？　僕はそういう木も大事に使いたい。だから、この家具は、ここの森で採れた木を

合わせにして家具をつくってもらった。漆も塗ってもらったんです。あと、「森を再生するために間伐材を使え」ってずっと言ってきたから、もちろん間伐材も使ってます。

養老　確かにこの壁の板は節穴だらけですね。でも、ちゃんとふさいであって、なかなかいいじゃないですか。

板のことで建築家の藤森照信さんから聞いた話があります。諏訪大社の神長官守矢史料館（じんちょうかんもりや）をつくるときに、どうしても割り板でつくりかった。でも、当時もう板を割れる大工さんが長野県に一人しかいなくて、しかも病気だった。でも、諏訪大社の仕事だからって、がんばってやって、全部割り終えたら亡くなったそうです。

木は木目に沿って割れるから、板は割ってつくったほうが合理的なんですよ。いまは機械でビューッとまっすぐに切るから、あとで反り返ったりする。材料に合わせて仕事をすることが手間だっていう時代になっちゃったんですね。

ニコル　カナダのハイダ族は、大きなカナダ赤杉を切り倒さずに、板を取ります。くさびを使って、生きてる木から板を取るんです。木が年をとると、板を取った跡が自然に治る。

――日本の昔の人も、木の使い方には知恵があって、平城京の門や建物を再建するときに昔のことを調べた人に聞いたら、柱にはヒノキとか、ちゃんと場所によって木の種類を使い分けてあったそうです。まさに、適材適所。

ニコル　同じ種類の木でも、山の西側に生えていたか、北側に生えていたかとか、そういったことで違う。

養老　木は、切る季節によっても性質が変わりますよ。ほんとうは秋がいいんです。いまは、乱暴になって、春にも切るけれど、春は木が伸びるときだから、栄養を大量に含んだ水をたくさん吸い上げる。だから、虫が大喜びで寄ってくるし、カビるのも速いんです。秋になれば、もう虫は来ないし、水分も減って木が締まる。

今度、箱根の僕の別荘に来ていただくとわかるんだけど、外側は「焼き杉」を使ってるから黒いんです。焼き杉は西日本でよく使うんですけど、カビないし、雨にも強い。

別荘を設計してくれた藤森さんが自分で焼いてくれたんです。新聞紙一枚でいいって言ってました。杉の材木を立てて、新聞紙に火をつけて下に置くと、勝手に火が上がって外側だけが炭化する。下手したら全部燃えて消し炭になっちゃいますけどね。

ニコル　それはいいな。僕も馬小屋に使いたい。

原発事故のあとに残された難問

ニコル　僕は、化学物質もなるべく使いたくない。だから、床にはワックスじゃなくて蜜蝋を塗ってます。壁の断熱材は、オーストラリア産の羊毛です。エネルギーも節約してます。天井に大きなファンが付いてるでしょう？あれが付いてるか、付いていないかで、暖房の効率が40％ぐらい違う。本当は、この建物を建てたとき、屋根を全部ソーラーパネルにしたかった。そうしてたら、ここの電気を全部まかなえたかもしれない。でも、ここを設計してくれた先生から「屋根はこの地域の顔だから、ああいうものは付けないほうがいい」と言われて、あきらめたんです。ただ、隣の小さな建物にはソーラーを付ける予定なので、こっちにもこっそり付けちゃおうかなと思ってます。

——確かに、太陽電池は、再生可能エネルギーとしてすごく期待されていて、家に付ける人が増えていますね。でも、日本中のエネルギーをソーラーでまかなうわけにはいきませんよね。

養老　何を使うにせよ、エネルギーを一元化するのは無理ですよ。僕は、太陽電池には二つ問題があると思ってます。一つは、どうやったら効率の高いものができるのかというノウハウが不明なこと。もう一つは、つくるのにレアメタルが必要なことです。だから、太陽電池で大量に電気をつくってみんなが依存するというわけにはいかないと思いますね。

ニコル　でも、私は、原発は危なすぎるし、廃棄物の問題も解決できないから、使わないほうがいいんじゃないかと思ってます。福島の原発の事故では、人間が入れない区域ができてしまった。僕はその近くまで行って、いやなSFホラーストーリーを見ているような気分になったんです。養老さんは福島に行ったことありますか?

養老　何度も行ってますよ。一番印象的だったのは、お役所の人がつらそうだったことです。帰宅困難区域に家畜が放置されたままになってるから、その面倒を見ているNPOがあるんです。でも、お役所の人は安全を管理する責任があるから、そういう人たちに、「入ってはいけません」と言うしかない。こんなこと言ったら怒られちゃうけど、国の被曝量の安全基準は1桁ぐらい厳しくとってあるんだから、ちょっと入って世話する程度なら、たいしたことないんですよ。でも、お役所の人は「牛もかわいそうだから、そうやって飼うのも仕方ないですよね」とは言えないんです。見ていて、本当につらそうだった。

ああいうことが起こると、そういう線引きの難しい、苦しいことがたくさん出てきちゃうんです。除染の問題もそうです。

ニコル　まだ、放射能で汚染された水を海に漏らしているしね。

養老　それも難しいんです。どうやって汚染水を処理するかといったら、全地球的に薄めるか、技術開発して徹底的に濃縮してどこかに埋めるかしかない。でも、どんどん濃縮していくと、扱う人に危険が生じるし、埋めるところを決めるのも苦しい。だから僕は、しょっちゅうどこかが壊れて汚染水が海に漏れたと言っているのは、わざとじゃないかと疑っています。

それに、僕らの世代は、放射能なんて知ったこっちゃないって開き直っているところがあります。だって、育ってくる間に、アメリカのビキニ環礁での核実験とか、フランスや中国の核実験があって、年中、放射性物質が降っていたんですから。

だからあの頃は、子どもがよく「雨に濡れると頭がはげる」なんて言った。家の近くに理化学研究所で仁科芳雄さんの研究室を引き継いだ山崎文男さんという方が住んでいて、息子がガイガーカウンター（放射線量計測器）を持って遊んでいたんです。すると、やっぱり下水とか雨樋に近づけるとガーガーいう。いまの福島と同じようなもんですよ。この年まで生きてきたんだから、いまさらっていう話ですけど。

子どもが放射能を浴びて危ないってよく言われるけれど、それにも裏があると思うんです。危ないことは危ないんだけど、子どもは回復も早いんですよ。傷ついた遺伝子がすぐに元に戻る。そのことを考えると、全体として見ればあまり大きな差はないんじゃないかという気がするんです。

人間関係を保険で補償する時代

ニコル 最初、日本に来たときに、偏見はなかったけど、日本の家がそんなに大きいと思わなかったんです。でも、田舎に行って、農家の家が大きくてびっくりしたんですよ。英国の農家のコテージはほんとに小さいから、日本は戦争に負けたのにすごく豊かだと思いました。

養老 それは何世代も同じ屋根の下で生活してたせいでしょう。

ニコル　それに、家をつくるときに村中の人が手伝ってたでしょう？

――確かに。いまは、特に都市にいると、隣近所も知らなかったりします。

養老　だから、コストかかるんですよ。

ニコル　どういうこと？

養老　何かあったとき、周りに助けてもらえないから、保険会社に保険料を払わなくちゃいけなくなったということです。昔は人間関係で補償していたものを、いまは全部お金に替えていっていて、それをやっているのが保険会社なんです。変な言い方ですけど、保険会社にとっては、住民が、いわゆる世間の絆ってものをどんどん切っていって、一人一人の流民になっていったほうがいいんですよ。保険会社がそう意識してるわけじゃないけど。

――ああ、たとえば、入院保険とかですね。

養老　僕は、保険会社と世間の絆の関係は、保育園と母親の関係によく似てると思います。つまり、保育園を充実させていくと母親がいらなくなるんです。そうすると、そこで初めて、保育園は何をしなきゃいけなくて、母親は何をしなきゃいけないんだっていう緊張関係が見えてくるんですよ。理想的な保育園が仮にあったとすると、親はいらないという結論になるのか、それとも、それはどこかおかしいってことになるのか。いろんな問題がそういうところへ煮詰まってくるんですよね。

――世の中でいろんなシステムができてくると、近所関係も家族関係も変わってくるということですよね。

養老　そうです。いわば安全保障として、家族関係を全部、保険に置き換えるのかって話になってくるでしょう？

――象徴的なのは、電気ポットを押しているかどうかで、離れた親が無事かどうかがわかるっていうシステムですね。電話すればいいだけの話だと思いますけど……。

第三章

子どもたちと教育のこと

「ほったらかし」が一番

――ニコルさんはアファンの森に子どもたちを招いて、いろいろなプログラムをやってらっしゃいますけど、どうしてそういうことをなさろうと思ったんですか。

ニコル　2002年に財団ができたときに、理事の一人から、日本で虐待を受けている子どもが増えていると聞いて、すごくショックを受けたんですね。新聞やテレビで恐ろしい話がありましたけど、そんなに多いと思わなかったんです。

僕はずっと、森はこころのふるさとで、子どもが遊ぶ場所だと思ってました。五十何年か前に日本に来たとき、田舎をあちこち回ったら、子どもが森や林や川で遊んでいる姿があまりにも楽しそうだったので、〝Japan is heaven for kids.〟（日本は子どもの天国だ）と日記に書いたぐらいです。でも、30年くらい前には、「日本の森林で絶滅しそうな生物のうちで一番気になるのは、人間の子どもだ」と書きました。子どもたちはだんだん外で遊ばなくなってしまったんです。だから、トラウマを持った子どもたちが生きた森に来れば、心の窓が開くんじゃないかと思ってやりだしたんです。今は、障害のある子どもたちに来てもらっています。盲学校とか、養護学校とか。東日本大震災で被災した子どもたちも呼びました。

――ここに来たら、子どもたちはどんなことをするんですか？

ニコル　子どもたちがやりたいことをやるんです。太い木からロープで枝をぶら下げたブランコに乗ったり、水路で水遊びしたり、木の枝で弓矢をつくったり。ただ走り回って生き物を見てる子もいる。最初はいろいろな先生を呼んだりして、プログラムをつくってたけど、最近はほったらかし。森が大好きな大人がいて、子どもたちが何か聞いたら、大人が答えられるようにしています。

――養老先生も、子どもたちを虫採りに連れていったりされるんですよね？

養老　そうですよ。自分がやってる保育園の子どもたちを連れていくし、福島でもやってる。須賀川の「ムシテックワールド」っていうところの館長をしているから、毎年そこでいろんなことをやってるんだけど、その縁で、この間は、三春町で幼稚園や保育園の子どもたちと虫採りをしました。地元の人の手づくりの行事で。

貯水池の近くの開けたところに、風が来なくて虫採りにちょうどいい公園があるんです。そこへ連れていって、「あとは勝手にしろ」です。何でもいいから連れていけばいいんですよ。そういうチャンスがないと、なかなか行かないから。

――先生も「ほったらかし」なんですね。

養老　そう。僕は何もしない。子どもたちが虫を採ってきて「これなあに?」って聞いたら、名前を教える。福島虫の会の「プロ」も一緒に行ってるから、ちゃんと答えてくれるしね。子どもたちにすれば、名前がわかるのが、結構励みになるんですよ。

でも、それだけ。よけいなことはしないほうがいいんです。自然の中に行って、何が面白いかなんて口で説明してもしょうがない。虫採りもそうですけど、アファンの森みたいなところに来て得るものって、実は言葉にならないんですよね。だからそれを説明しろっていうのが一番困る。だから、「何でもいいから、ともかく自然の中に行け」と言うんです。「気分が変わるだろう?」「おなかすくだろう?」って。

二人の子ども時代

――そういう虫採りにはお父さんやお母さんもついてくるんですか?

養老　ついてきますよ。ほんとうは邪魔なんだけど、親も自然に触れる機会が減っているから、ちょうどいいかなと思って。でも、考えてみたら、うちの母なんか、仕事してたせいもあるけど、山なんか一回も行ったことがない。

僕は、一人で川に行ってよく魚を捕ってたんだけど、橋の下で魚を捕っていたら、ちょうど母が上を通って、「あんた何してんの?」って、聞いたぐらいです。

――鎌倉でどんな魚が捕れたんですか？

養老　石をひっくり返してヨシノボリっていうハゼみたいな魚を捕ったり、水のきれいなところだとカジカがいたりね。道具がないからザルを使ってました。珍しい魚を見ると嬉しかった。ウナギはいっぱい捕ったし、砂地のところはスナヤツメの子がたくさんいましたよ。ウナギは捕っても、ザルに入れておくと、よじ登って逃げちゃうんです。

ニコル　ウナギは食べたでしょう？

養老　いや、あれは料理が難しい。日本の場合は、割いて、かば焼きにしなきゃならないけど、できる人がうちにはいなかった。

ニコル　僕は子どものときにウナギを釣って、食べてた。ウナギはすごく動くから、頭ちょん切って内臓をサッと出して皮をシュッとはいで。それで、ぶつ切りにしてバターで焼いて食べてました。

僕の場合は、森に行くほうが多かったけど、子どもだけで行った。僕はちょっと変わった子で、ほかの子より森が好きだったから、一人で行くことも多かったけど、犬と一緒なら寂しくなかった。母と行ったこともあるけど、それは母へのサービスだと思っていたんですね。母は逆だと思っていたけどね（笑）。

母とピクニックに行ったとき、小川が流れていて、馬がそこの水を飲んでいたんです。僕はいつも、その小川の水を直接飲んでいたから、そのときも飲んだら、母にしかられた。「動物が飲んでいるから汚い」って。僕は「何言ってるの？　馬が飲んでいるから飲んでいいってことじゃないの？」と思ったけどね。

養老　母親ってそういうもんなんだよね。どこでも。

ニコル　子どもの頃はすごく外で遊んで、いい思い出がいっぱいあります。たとえば、ウェールズの祖父の家からちょっと歩いた山で、川をせき止めてプールをつくったことがあります。ちょうど近くに、もう誰も住んでいない村があって、崩れた家がいっぱいあったから、そこから平らな石をいっぱい運んで、石と石の間に草とか泥を突っ込んで。何日もかけて、30メートルくらいの長いプールができたんですよ。それで、ほかの子どもも誘って、水着がないからスッポンポンで泳いでた。

でも、あるとき、怖いおじさんが来て「泳いじゃいけません」って言われた。そしたら、ほかの子はもう泳がなくなったんですね。でも、僕は、脱いだ服を隠して、おじさんに見つからないようにして泳いでた。

養老　僕も川で泳いでましたよ。でも、やっぱり川は危ないって言われました。海のほうが浮力があって体がよく浮いて、ずっと安全だから。

ニコル　最近、この近くの川でも、子どもが亡くなって、学校から、「川で遊んではいけません。もし、友達が川で遊んでたら学校に電話してください」って言われるようになったんです。でも、僕はとんでもないと思ってます。小さい頃から川で遊んでいれば、川で泳ぐ術を覚える。そうすると「あ、ここ危ないな」とわかるんですよ。

母親の世界から飛び出せ

養老　自然の中に子どもを行かせればいいって簡単に言うけれど、その活動の必然性と仕組みの両方を考えるのがなかなか難しいんです。僕がやっている虫採りも、なんとかやれるようになってはきましたけどね。

ほんとうに必然性があれば多少ケガをしても仕方がないってことになる。でも、それがないと、なんでこんなバカなことをしたんだってことになるんです。

ニコル　ここにも、障害のある子どもたちが来ますから、森の中で好きなことをさせるっていっても、どんな危ないことが起こりそうか、スタッフが考えて、そういうことが起こらないように環境を整えています。付き添う人数も多くしてる。もちろん、もし何かあったときにどこに連絡するかとか、全部決めてあるし、看護師さんに待機してもらうこともあります。

で、最後は、もう僕が責任を取る。やるだけのことやって、何か起きたら、もう、しょうがない。

養老　普通はなかなかそこまでできないんだよね。

ニコル　去年、男の子がブランコから落ちちゃったんです。ブランコに乗っていて、帽子が飛んだから、あわててロープから手を放しちゃった。森の地面だし、間伐材のチップが敷いてあったから、そんなにケガしなかったんですけど。「ロープを放しちゃダメ」って強く言わないとわからない。

――自然の中で体を使っていないと、そんな当たり前のこともわからなくなっちゃうんですね。　親が過保護だからでしょうか？

養老　一人っ子が増えたし、兄弟がいても少ない。スペアがいないから親が子どもを大事にするんです。しょうがないね、これは。

ニコル　大体、自然の中の遊びは、兄弟やほかの子どもから覚えたのにね。

養老　母親っていうのは本能的に、自分の世界から子どもを出すまいとするでしょう？　僕は父親が早く亡くなって、片親だったからよくわかります。

うちの母親はいわゆるグレートマザーだったんです。孫悟空がキント雲に乗ってすごく遠くまで来たぞと思ったら、お釈迦様の手のひらの上だったという話がありますけど、あれは、たぶん母親の寓話だと思います。グレートマザーの怖いところは、子どもがどこまで行ってもその向こうにいようとすることです。それを「子どもを理解する」っていうんでしょうね、よく言えば。でも、そうすると、子どもは母親の世界から出られなくなる。

僕の母も、恐らくまったく無意識でしょうけど、そうしてた。僕は、だんだん外に出ていきましたけど。

ニコル 僕の母は僕がどこにいるか知らなかった。

養老 そのほうが安全なんですよ。でも、親が子離れする時期は文化によって違いますね。イギリスなんか16～17歳になったら、もう大人扱いですよ。でも、僕がオーストラリアにいたときにハンガリーから来てた難民は、ここの連中は子どもが16～17歳になると面倒見ないで放り出すって怒ってましたよ。オーストラリアはイギリス式ですからね。日本はいくつになっても子離れしない。

――昔、大学の入学式に親が行くって話題になりましたけど、いまは入社式に親が行くそうです。

養老　東大の卒業式なんて、本人のほかに、両親と両方の祖父母が来る。3代で総計7人になって場所が足りないから人数制限をしてます。

ニコル　私の親は一回も来てくれなかった。柔道をやり出してチャンピオンシップの試合に出ても来なかった。不思議だな、考えてみたら。

養老　うちの母も働いていたので、来ませんでしたよ。

まあ、過保護にしていても、子どもは育つんだけど、問題は、いつどこで、それを子どもが訂正していくかです。

この間、ニュースで聞いたって、

女房が教えてくれた話があります。ひきこもりで40代までずっと部屋にいた人が、あるきっかけで初めて出てきたというんです。どうしてだかわかりますか？

ニコル　親が死んだとか？

養老　その通り。お母さんが亡くなって、食事が部屋に届かなくなったからなんです。毎日お母さんが食事を届けてくれたから、部屋に閉じこもっていられたんですね。

ニコル　信じられないな。

ゲームより実体験

ニコル　養老さんはきっとご存じでしょうけど、最近、西洋では、学級崩壊を起こすような子どもたちは、〝Nature Deficiency Syndrome〟、つまり「自然欠乏症候群」ではないかと言われて、問題になっています。子どもたちが、集中できない。我慢できない。すぐキレる。友達がつくれない。それは、自然の中でちゃんと遊んでないからじゃないかというんです。
デヴィッド・スズキ先生（カナダの生物学者）が書いたものを読んだら、カナダの子どもは平均1日に8分しか外で遊ばないのに、テレビやゲームの画面を見ている時間は6時間！

養老　ほう。

ニコル　これじゃ、脳のバランスがおかしくなる。聴覚や嗅覚がだんだんと退化して、コンピューターの一部分になっちゃうんじゃないかなと心配になりますよ。
別の本にも、子どもたちに「どうしてこの公園で遊ばないの？」と聞いたら、「だってこの公園にはコンセントがないから」って言ったという話が書いてあった。公園に行っても、遊び方がわからないから、遊べないんですね。でも、養老さんはゲームをやりますよね？　どういうゲームをするんですか？

養老　ロールプレイングゲームなんだけど、一人でやる将棋に近いんです。

将棋では、駒が敵陣まで行くとひっくり返って「なる」けど、キャラクターが多いんで、あれがしょっちゅう起こる感じで、将棋よりちょっと複雑で難しい。一つクリアするのに、結構時間がかかるし、クリアできないと「こんちくしょう」って思ってまたやるんで、やるときは2〜3時間やってますよ。

ニコル なるほど。僕はゲームをやらないから、面白さがよくわからない。私は、昔、スペースインベーダーをやってみたけど、全然満足感を感じなかった。なぜなら、私は14歳でカデット（英国海軍青少年訓練所の訓練生）になったから、実弾をたくさん撃った。50キャル（口径0・5インチ）のブローニングというヘビーマシンガンはガッガッガッガッガッて体にくる。あの感覚、忘れられないね。寝て撃つブレンガンは500メートルも飛ぶ。そういう経験があるから、スペースインベーダーの面白さがきっとわからなかったんだと思います。

養老 ファーブルが蝉の鳴いている木の下で大砲を撃ったっていう話があるでしょう？　蝉はなんともないから、蝉は耳が聞こえないって結論するんだけど、あれ、きっと、ファーブルが大砲を撃ってみたかっただけなんじゃないかと思うんです。

ニコル　男の子は「飛び道具」に興味があるんですよ。私は子どものときに、ゴムを張ったパチンコをいつもポケットに持っていて、それでウサギを捕っていました。自分で弓をつくったこともあります。釘を熱くしてたたいて、矢の先につけて、羽根はガチョウの羽根を使って。それで結構飛びましたよ。投げナイフも持ってました。そのあと、空気銃に進んで、大人の散弾銃を借りて、カデットになって機関銃を撃った。

――子どもの頃から、結構危ない飛び道具を使ってたんですね。

ニコル　ここにいるとき、僕はいつもナイフを持っています。町の中ではダメだけど、ここにいるときはほんとうに便利ですよ。家の中でも森の中でも、いろいろ使える。タラノメを採って食べるのにも使える。

――でも、いまは、手を切るといけないからといって、学校では切り出しナイフを持たせせないですね。

ニコル　もうアホとは付き合いたくない（笑）、議論もしたくない。

自然が足りないと世界が半分になる

ニコル　私は、アリを使って「ゲーム」したこともあります。金属の箱のふたにレンズがついていて、中をのぞけるようにしたものがあって、その中に赤いアリ20匹と黒いアリ20匹を入れてずっと見てました。どっちが勝つかなって。アリのグラディエーター。いま考えてみたら残酷だったけど。

養老　僕も蛇皮のステッキをつくろうと思って、蛇の口から棒を突っ込んだことがありますよ。そしたら、その夜、熱が出た。蛇のたたりだったんだね（笑）。

――お二人とも武勇伝がいろいろありますね。

養老　自然の欠乏ということについては、僕、昔から言っていることがあるんです。それは、子どもから自然を取り上げると、世界が半分になっちゃうということです。つまり、自然がなくなって人間世界だけになっちゃう。そうなると、いじめみたいな人間世界の中でのマイナスの重さが2倍になっちゃうんです。

ニコル なるほど。

養老 僕らの頃は、いじめられたって山に行ったらそれっきりでした。自然の中では、いじめは関係ないですからね。でも、いまは、そういう自然とのかかわりを全部消しちゃってるんです。

僕がそれを強く思ったのは、『14歳の私が書いた遺書』という本を読んだときです。24歳になった女の子が14歳のときにいじめにあって死のうと思ったときのことを書いた本なんですけど、それを読んで一番驚いたのは、花鳥風月が一言も入っていなかったことです。「桜が咲いた」とか「台風が来た」というような話は一切なくて、「先生がこう言った」「お兄さんがどうした」という話ばっかり。小さいときから人間の世界に完全に巻き込まれているから、もう逃げ場がないんですよ。

人間の世界にも、いじめみたいなマイナスだけでなく、誰かに褒められたとか、どこかに連れていってもらったというようなプラスがあるでしょう？　逆に、自然の中にも、森で遊んで面白かったというようなプラスだけでなく、石につまずいてケガしたとか、にわか雨でびしょ濡れになったとか、マイナスはもちろんある。

だから、人間の世界のプラスとマイナス、自然のプラスとマイナスの4つがあるはずなんだけど、自然の分がなくなって、人間世界のプラスとマイナスだけになっちゃったから、プラスもマイナスも2倍になっちゃったんです。

そういう狭い世界を子どもに与えちゃってるのは、ほんとうにかわいそうだと思って、僕は、子どもの相手をするときは必ず外に行くんです。もうそれしかしてない。そうすると、親がついてくるけど。でも、見てると、親のほうが一生懸命遊んでいたりします。親のほうも自然が不足してるんですね。

新しいエリートをつくる

ニコル　僕は学校が大嫌いだったんだけど、いま、宮城県の東松島に小学校をつくっています。東松島では、３・11の津波で大勢の方が亡くなり、学校も使えなくなった。新しい学校をつくることになって、「手伝ってください」と言われて、がんばってきました。その前から、被災地の子どもたちをアファンの森に呼んだりしてたけど、もっとちゃんとやりたかった。

この学校は、校舎が木造です。８ヘクタールの森がくっついていて、森でいろんな授業をする。そのマネジメントを僕たちがやります。私は、森の手入れに機械を入れないで馬でやるから、子どもたちは、馬と付き合う。そして、目標は、卒業するまでに、全員、火がおこせるようになること。

養老　僕は、学校の概念を変えなくちゃいけない時代になったと思っているんだけど、ニコルさんの学校はその先駆けですね。

昔の子どもはね、外で駆け回っていたから知識を学ぶ時間がなかった。家が狭くて子どもが多くて、邪魔だったから「外で遊んでこい」って言われたしね。だから、先生が教室に子どもを座らせて、話を聞かせてた。いまは全く逆でしょう？　テレビやインターネットがあるから、家の中で知識は十分にとれる。だから、ニコルさんみたいな学校が必要になる。

ニコル　どうして、火をおこせることが目標かっていうと、僕は被災地で聞いたんです。せっかく津波から助かったのに、そのあと低体温症で亡くなった子どもとお年寄りが多かったって。それは、火をおこせなかったからなんです。燃やすものいっぱいあったはずなのに、海水に濡れたから燃やせないって思い込んでいた。

だから、僕は、勉強の秀才じゃなくて、新しいエリートをつくるべきだと思うんです。雨が降っても火をおこせる。雪の上でたき火ができる。そういうことができるのが、ほんとうのエリート。

養老　宮崎駿さんが怒ってたことがありますよ。ジブリの若い人を長野の別荘に呼んで、バーベキューをやるので、火を燃やすようにと言った。そしたら、まず薪を置いて、その上にたきつけをのせて、一番上に紙を置いたって。

ニコル　それは逆ですね（笑）。

養老　でも、そんなの序の口。ボーイスカウトの指導をしている若い人からは、もっとあきれる話を聞きましたよ。キャンプファイアーのとき、彼は、ボーイスカウトの子たちに「火が消えないように見張ってろ」って言って水をくみに行った。それで、水をくんで30分して帰ってきたら、火が消えていたっていうんですよ。

なぜかというと、薪をくべなかった。薪をくべるということを思いつかなかったんです。ガスなら、火をつけたらずっと燃えてますからね。

ニコル　だから私、バカとはほんとに付き合いたくない（笑）。そういうことはいーっぱいあるんですよね。

東松島の学校ができるとき、僕は77歳になります。その頃、森の中でいろんな授業をやらなくちゃいけないと思ってるけど、どのぐらいのエネルギーが残っているか心配です。毎回、先生や校長先生、教育委員会、ＰＴＡとかと同じ議論を続ける自信がないんですね。だんだんと僕も無口になって、やっぱり「バカと付き合う暇はない」と思うようになったんです。それは、よくないですけれども。

だって、先生が「泥遊びするな」って言うんですよ。学校で授業をやったんですね。新しい町をつくるために埋められてしまう湿地から避難していた植物を、湿地に戻すという。雨のあとだったから、道も泥だらけで、8歳ぐらいの男の子が長靴でグジュグジュグジュとやったら、先生が来て「泥遊びするな」と言ったんです。子どもが泥遊びして何が悪いの？ 僕は一瞬、その先生を池の中へ放り込もうと思ったけど我慢した。でも、80歳になったら、きっとコントロールが利かないと思う。

体験を通すと生きた知識が身に付く

ニコル たき火はサバイバルにも大事だけど、外で火があると落ち着くでしょう？ それからもうワンステップ進むとね、「火はなぜ燃える？」「酸素って何？」「炭素って何？」「炭素と酸素はなんで一緒になって二酸化炭素になるの？」「じゃあ水素が入ったらどうなる？」って、いろいろ考えさせられるでしょう？

養老　暖かい空気は上だし、下は熱くないし。

ニコル　小さいものが速く燃えるのはなぜって考えると、面積のことがわかる。大きいものは一つだけだとすぐ火が消えるから、少なくとも二つ必要ですね。そのとき、お互いに熱を放射するから、近過ぎても、遠過ぎてもダメ。これって哲学も入るんじゃないかな。

養老　僕は虫を見るためにいつもこれ（ルーペ）を持ってるから、これも火をおこすのに使えるね。

ニコル　もちろん！　ルーペで燃やすなら、白いものより黒に近いもののほうが速い。火を見ながら、そういうことを教えたら、子どもたちの脳にすぐ入っちゃうでしょう？　言葉だけで教えても、それで試験に通るだけで、あとには残らないと思うんです。

　実は、私は化学が大嫌いだったんです。私は子どもの頃、字がわからない失読症という病気だったから、1+1=2と習ったけど、僕の頭の中で2にならない。だから、学校でOとかO^2とかいろいろ勉強させられたけど、ダ

メだったんですね。でも、三十何歳のとき、カナダの西海岸で環境庁の緊急係になって、そこで一番大きい問題は、重油汚染でした。それで、重油が生物にどうして悪い影響を及ぼすのか知りたいと思って、偉い人に、〝I don't understand chemistry. Can you tell me?〟（僕は化学がわからないから、説明してください）って頼んだんです。そうしたら、わかりやすく説明してくれた。〝Carbon, oxigen and hydrogen, that's the beginning of life〟（炭素、酸素、水素が生命の始まり）って聞いて、すっかり楽しくなっちゃったんです。

養老　学校では、生物と化学がつながっているという教え方をしないからね。科目間の関連性がまったくなくて、別々に教わっているから面白くないんですよ。

ニコル　私は、愛情とか、友情とか、勇気とか、目に見えないものが一番力があるとわかっているけど、目で見ることでわかるものもたくさんあると思っています。たき火を通して、酸素や炭素のことを知る。同じ水が氷になり、水になり、見えない湯気になるのを体験する。そのときのsense of wonder（驚きの気持ち）があれば、みんな理解できる。

私は27歳のときにエチオピアに行って、山の中で国立公園をつくったんです。ベースキャンプには、レンジャーが20人と労働者が多いときは160人いました。私は、その人たちに、いろいろなことを教えていて、あるとき、月について一生懸命説明しようとしたんですね。それで、「月にも山はあるよ」って言ったら、みんな「うそだー」って言う。僕は、崖にいる動物を見るために、望遠鏡を持っていたから、それで、みんなに望遠鏡で月を見せた。

視野が動くから、月を捉えるのにみんな苦労して、やっと見えたら、学校に行ったことなくて読み書きもできないおじさんたちが「見えた!」「月に山があるー!」って、すごく感動して、笑って、泣いた。

——自分の目で見るって大事ですね。いくら書物で教えられても、自分でのぞいてみると違いますよね。

養老　書物やＩＴで教えるのは、結局、素直に驚くことを邪魔しているんだよね。「よけいなことを教えやがって」って思う。

ニコル　そうですね。私はミジンコを顕微鏡で見て、心臓が動いているのを見たときも、ものすごく感動した！

養老　僕は、鶏の胚を見たとき、そうでしたね。卵をあけると、ちっちゃいのが入っていて、ちゃんと心臓が動いてる。赤い血がピュッて流れたな。

森で授業を

ニコル　アメリカやカナダでは、夏の子どものキャンプが昔からよくあるんですね。カヌーを覚えたり、泳いだり、アーチェリーやったり、乗馬やったり。日本でも、そういうのが必要じゃないかな。

民主党に政権が変わる前の自民党時代に、日本全国で、子どもたちが2週間くらい田舎に行って勉強するのにお金を出すっていう制度があったんです。田舎は過疎化、子どもたちは自然が足りない。そのどっちも解決できるからって。でも、いまはない。

養老　子どもは、最低1週間あれば変わりますよ。1週間で何が変わるかというと、たとえば水洗式じゃないトイレでも大丈夫になる。そして、2週間以上いると帰りたくないと泣くようになる。僕が聞いた発表会では、子どもを通して大人の交流もできてきてました。広島の団地の子どもたちが島根県の村に行って、親も村の人たちと関係ができて、野菜を直送してもらったりしはじめたんです。

ニコル　英国では、2週間、森の中で全部の科目の授業をする。学校の先生とレンジャーが一緒に授業をするんです。

　私が見た授業は、レンジャーがまず100平方メートルを囲んで、「この中に木は何本ありますか?」と子どもたちに聞く。すると子どもたちが「先生これは木ですか?」「あれは木ですか?」って聞く。どのぐらいの大きさなら木と呼ぶのか、わからないからね。先生が「じゃあ、あなたのお父さんの背の高さより高ければ木と呼びましょう」と言うと、子どもたちは、「うちのおやじはチビだから」とか言って笑う。そのあと、レンジャーが少し真面目に、若い木を切って、木の質を説明したら、子どもたちが今度は、「先生、この木とこの木は違うね」って言いはじめる。それで、ブナとかシラカバとか、名前を教えたら、すぐに覚えたんです。

そのあとは、ブナの木が何本、シラカバの木が何本と数えて、ブナが何パーセントかって計算したり。数字じゃなくて、ほんとうの木で算数が勉強できる。

養老　日本でもそういうことができればいいけれど、学校の先生にもう余裕がないですからね。昔の先生は子どもが中心だったけれど、いまは教育制度を維持するために働いてる。その証拠に、夏休みで子どもがいなくても、休まず学校に行ってるでしょう？　つまり、先生は自分の給料を出してくれるところに忠誠を誓っていて、子どもは付録になっちゃってるということです。

ニコル　うーん。

養老　それに、親だって、本気で先生に頼ってはいないでしょう？　僕、よく言うんだけど、ちゃんと教育すると子どもも変わるんですよ。でも、親は

「子どもを変えてもらうなんてとんでもない」と思ってると思いますよ。むしろ、変わったら困ると思ってるんじゃないかな。

――親は、親が望むようにしてくれるのが先生だと思ってるんですね、きっと。

養老 そう。子どもが虫採りに行ったきり帰ってこないようになったら困るんですよ。

――さっきもお話がありましたけど、子どもの安全が第一になってしまって、森での授業なんてとてもできなくなっているんですね。

養老 だから、「安全」の意味って何かという問題ですよ。刃物だとか、危ないものに早くから触れさせないと、いざというとき使えないし、ケガをしたりもする。

小さいときに触れるべきもの

養老 免疫もそうで、いま、子どものアトピーが多いでしょう? あれは自己免疫病の一種で、自分の皮膚を自分の免疫系が攻撃しちゃうんです。ところが、お母さんが2歳か3歳ぐらいまでに家畜小屋に出入りするような生活をしていると、アレルギーが起こりにくいことが、かなりはっきりわかっています。小さいときに、人間が本来動物として生きてきた時代から共存していた細菌とか寄生虫とかに触れていないと、免疫反応をコントロールするメカニズムが育たないんです。だから、免疫系が過剰反応して、自分の細胞を攻撃しちゃう。

マンションで飼っている猫が、初めてネズミを見て、びっくりして飼い主にかみついたって話を聞いたことがあるんですけど、自己免疫はそれと同じです。小さいときから、ネズミに会っていれば、ネズミにかみつくはずなのに、その経験がなかったからびっくりして飼い主にかみついちゃった。子どもも、小さいときにいろいろなものに触れておくことが、免疫系に対する教育になるんです。

最近、多発性硬化症という病気も、神経細胞を包んでいる細胞が、自己免疫で攻撃されるせいだって言われているし、自閉症もそうじゃないかって言われはじめています。汚いものを遠ざけていたら、かえって病気になるんだから、それが「安全」なのかという話です。

——いろいろな病気が免疫に関係しているんですね。

養老　本で読んだ話ですけど、アメリカで、自閉症の子どもを夏に1カ月キャンプに行かせたら、自閉症が治ったというんです。キャンプでは、いやというほどダニに食われた。それで、免疫系がびっくりして、まともになったんじゃないかという話です。

——でも、先ほどは、お母さんが2、3歳までに家畜小屋に出入りするような生活をするといいというお話でしたよね？　免疫は遺伝するのですか？

養老　たとえば、腸内細菌をお母さんからもらうんです。安倍首相が前に潰瘍性大腸炎になりましたけど、あれも、腸内細菌のフローラ（細菌叢）が適切でないと起こると言われています。お母さんが清潔な環境で育つと、必要な細菌を持っていないから子どももらえないんです。それで、治療のために、細菌を入れたカプセルを飲ませたりします。

もちろん、世の中が清潔になったおかげで、伝染病は非常に減って、死亡率は下がっています。アレルギーで死ぬ人は少ないから、そういう意味ではよくなった。そのことは忘れちゃいけません。でも、いまはちょっと行き過ぎな気がする。腸内細菌を100兆も飼っているのに、除菌グッズなんておかしいでしょう？　こんな生活を続けていると、自己免疫が怖い。特に神経系がやられると、いわゆる難病になって、治療法がありませんから。

ニコルさんはこういう生活をしているから、アレルギーなんてないでしょう？

ニコル　僕は、何をしても「汚い」と思わないから（笑）。貝のアレルギーがちょっとあるぐらいです。

第四章

虫のこと、動物のこと

生き物の分類は分ける人によって変わる

――後半は、養老先生の箱根の別荘にところを変えてお二人に話をしていただきます。こちらの別荘は、いわば、養老先生の「ゾウムシ研究所」ですよね。ものすごい数の標本がありますけど、こんなにたくさん集めて、何を調べていらっしゃるんですか？

養老　まずは見ているんですよ。僕は見ているのが大好きでね。皆さんが景色を見るのと同じですよ。なんでこんな形をしているのか、こんな色をしているのかって見てると面白い。しかも、頭の形とか、ひげや脚の長さとかの組み合わせがあるから、みんな違うでしょう？

そういうのを見て、自分で採ってきた標本が何という名前なのかを調べるんです。そのために、古今東西の文献を集めていて、ずっと昔から名前をつけられている種類を一通り見る。

――ゾウムシはいま、何種類ぐらい知られているんですか？

養老　わからない。日本で名前がついているだけでぼちぼち1000になるんじゃないかな。世界中では、たぶんそれより2桁多い。

ニコル　僕は、ゾウムシといったら、昔の海軍の堅いパンを思い出します。たたくとコクゾウムシが出てきた。そんなに種類があるとは知りませんでした。

養老　そのたくさんの種類のうちのどれかに当てはまるかって、いろいろ特徴を調べて考えるんです。それをやっていると、そのグループ全体の特徴を考えることになる。ということは、ほかのグループとの関係を考えることになる。だから、もう際限がないんです。

しかも、ラオスで採っているうちに、同じような種類なのに北と中部と南で違う場合があることがわかってきた。境目にちゃんと線が引けるんですよ。しかも、ほかの虫を見ても同じ線が引ける。昆虫は大陸が移動する前から住んでいますから、種類が違うということは、ラオスの北と中部と南は大昔は別々の大陸だったということになる。インド大陸と同じで、南から3回大陸がぶつかったと考えられるんです。

――大陸のでき方までわかっちゃうということなんですね。よく似た二つの種類が同じか違うかはどうやって区別するんですか？

養老　それが分類学の一番の特徴で、そこに分類をする人の主観性がかなり入ってくるんです。区別がつけば全部区別しちゃう人もいるし。区別しないで1種類にまとめてしまう人もいる。新年会や忘年会で虫好きが集まって酔っ払うと、よくケンカしてますよ。

ゾウムシは中央構造線を知っている？

――先生は細かく分ける派なんですか？　それとも大きくまとめる派なんですか？

養老　僕はどっちでもないです。相手にするグループによって細かく分けたり、大きくまとめたりする。特に、最近までの年代に日本で進化したグループは非常に分けにくくて、細かく分けると際限なく分かれてくるんです。

――それは日本の中でも、環境がいろいろ分断されているからでしょうか？

養老　実はわからないんですよ。分断されていないのに分かれていて、そこは本当に変なんです。たとえば中央構造線（関東から九州にかけて見られる、日本最大規模の断層帯）の西側に分布しているゾウムシで東側に行かないやつがいる。羽はあるし、生活もごく普通で、何の葉っぱでも食べる。それなのに、東側には一匹もいないんです。

――ゾウムシは我々が感知できないような何かを知っているのかもしれないですね。

養老　人間はとんでもなく乱暴ですからね。

ニコル　アファンの森の森番の松木さんが、「チョッキリムシ」と呼んでる虫の顔はゾウムシっぽいですよ。

養老　それは、ゾウムシの仲間ですよ。チョッキリゾウムシ。

ニコル　チョッキリゾウムシって言うんですね。それは、アファンの森にいっぱいいますよ。ナラやミズナラのドングリに卵を産み付けて、それから、枝を切って落としちゃうんです。ドングリの中で子どもが育って、地面の中に入って、また出てくるそうです。

養老 チョッキリゾウムシはオトシブミの一種なんです。写真集に出てますよ。見ますか？

ニコル そう、これこれ。でも、こんなにきれいな色じゃない。

養老 それは外国のですからね。

ニコル 私はいま小説を書いています。その中でアルコール依存症の英国人が、カイコガの研究のために日本に来て、蛾が大好きになって日本で結婚する。でも、奥さんが蛾が大嫌いだから結婚がうまくいかないんです。養老さんはよかったね。奥さんが虫嫌いじゃなくて（笑）。

養老 女房は虫が嫌いだけど、関心がないからいいんです。でも、よくケンカしていますよ。女房はお茶をやるから、庭で茶花を育ててるんだけど、それをバッタが食べる。それで殺虫剤をまくって言うから僕が駄目って言う。

バッタが食べきれないほど花を植えればいいじゃないかって言ってケンカしてるんです。

オスは時々いればいい

養老　虫じゃないんですけど、分類については面白い話があって。ジャレド・ダイアモンドというアメリカの進化生物学者が、ニューギニアで極楽鳥をいくつかに分けたんです。それで後日、原住民に聞いたら、彼らも全部違う名前できちんと呼んでいた。プロの分類学者でも、そういう教育を一切受けてない人でも、分類がまったく同じだったんです。

ニコル　へえ、そうなの？

養老　そうなんです。だから、分類というのは、人間が持ってる潜在的な能力じゃないかと。

――たぶん特徴を抽出して比べて、同じか違うかを識別できる。

養老　しかも、それが自然とちゃんと対応していて、無理がないんです。

――不思議ですね。

養老　標本も見ますか。

ニコル　うわあ。あり得ないですね、これ。こんなに小さいのに、みんな形が違う。

――環境でこれだけ変わっちゃうんですね。

養老　いや、環境だけじゃなくて、本人の能力もあると思う。本人の能力って言うとおかしいけど、昆虫は、どんどん変わって種類を増やすことを、生き残るための戦略にしてきたんです。種類を猛烈に増やして、「誰かがダメになっても俺が残る」っていう戦略です。やれることはなんでもやる。生き物って、人間が考える程度のことは全部やっていて、それ以上に人間がわからないこともやっている。それがすごいと思います。

人間自身もある意味ではそうで、時間的にどんどん変えてきた動物でしょう？　シーラカンスと起源は同じなのに、シーラカンスは5億年同じ形で、人間はこんな変わっちゃった。だから、変えることが人間のストラテジーだったんですね。

ニコル　これはすごくひげが長いね。体の5倍ぐらいある。

養老　それは「ヒゲナガゾウムシ」と言って、マレー半島で採ったものです。日本にはこんなに長いのはあまりいない。

ニコル　これじゃ、しょっちゅう引っかかっちゃいますね。

養老　そうなんです。行動がものすごく制限されるし、ひげを動かすだけでもたいへんだから、こんなに長くする必要ないと思うんだけど……。これはオスです。メスはちゃんと短い。

――メスを探すために使うわけでもないんですよね？

養老　何をしてるんだかわからないんです。こういうのを、ダーウィンは性選択、つまり「メスの好みだ」って言ったんですけど。つまり、ひげが長いほうがメスの好みだから、どんどんひげが伸びるという考え方です。

生き延びるという意味でゾウムシがすごいのは、環境が悪いとすぐ単為生殖を始めることです。日本には単為生殖ゾウムシがかなりいますよ。たぶん

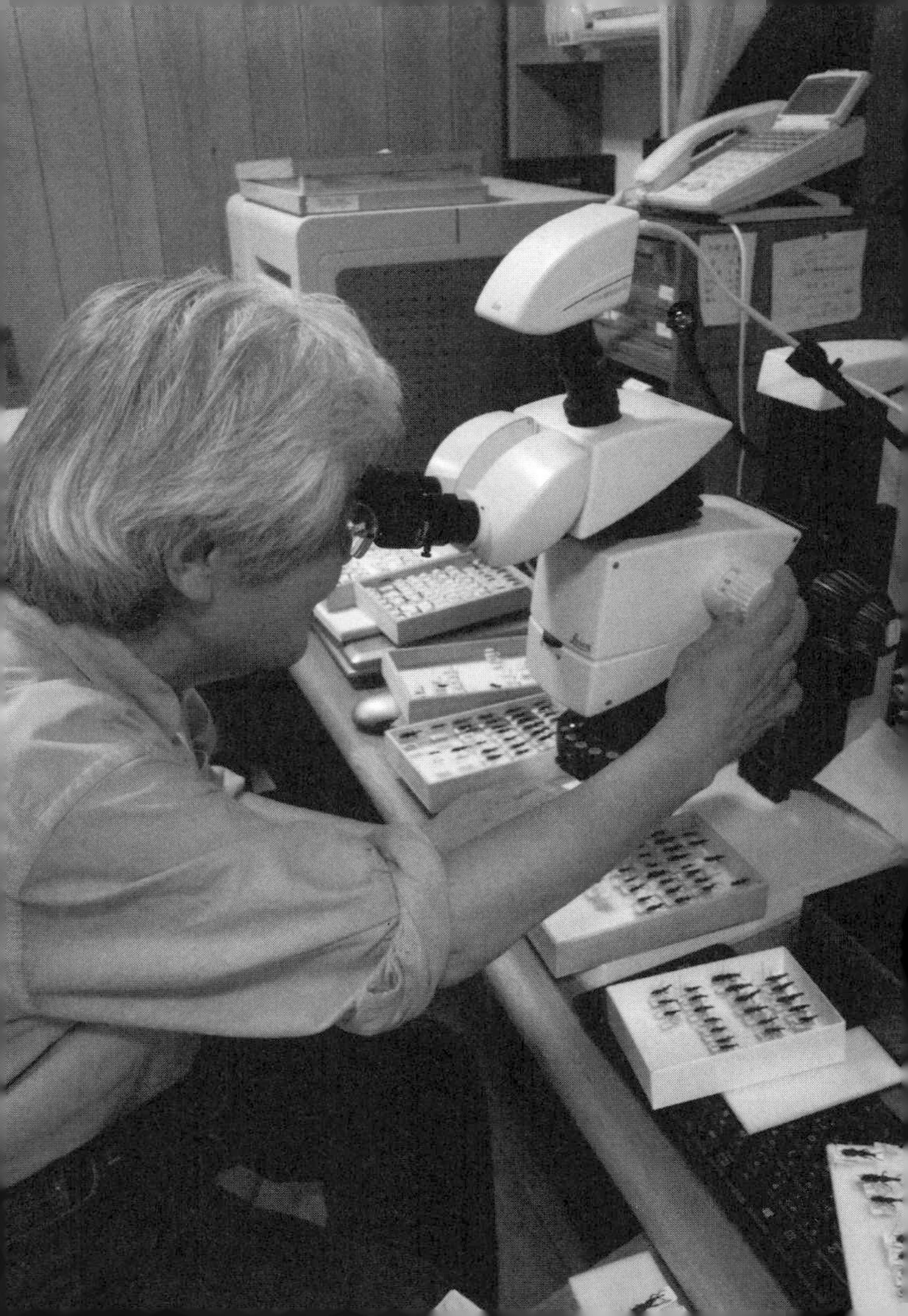

中国大陸から入ってきて、日本で単為生殖になっちゃったんだと思う。

面白いのは、移殖すると単為生殖になる場合があるらしいことです。ゾウムシは幼虫が木の根についたりして、土の中でサナギになるんですけど、それを移殖すると、なぜか単為生殖になる。山に行くとちゃんとオス、メスの両方がいるのに、都会では全部単為生殖というのが、ずいぶんあります。

——でも、単為生殖だと、いろいろな子孫ができないですよね。環境が変わったときに単為生殖でサバイバルして、環境がよくなったらまた元に戻るんでしょうか？

養老　そのうち暇になると、またオスができるんじゃないですか？　必要なのはメスなんだけど、長い目で見ると時々オスがいたほうがいいかなあっていう感じで。

——ミツバチも、ほとんどがメスですよね。女王バチも働きバチも。

ニコル　アリもそうですね。

養老　だから、オスはいらないんですよ。インドネシアに行ったときに、男はみんなたばこ吸ってブラブラしてるから、「あなたは、いつ働くの？」って聞いたら、「たとえばコーヒーの取り入れとか」って言ってました。そういうとき働くんですよ、男は。

ハチに刺されて死ぬのはなぜか

ニコル　窓の外でハチが飛んでますね。ハチは焼き杉が好きなのかな。

養老　わかりません。でも、2階の寝室の窓の外に、スズメバチが巣をつくってますよ。掃除に来る人が「片付けましょうか」って言うから、「いい」ってそのままにしてます。気に入らない人が来たらそこに泊める（笑）。

ハチなんかなんでもないですよ。いまの人は怖がりすぎだと思う。

ニコル　でも、養老さんはオオスズメバチに刺されたことありますか。

養老　ないです。

ニコル　あれ、痛いですよ。私は、ゴム長靴の中に入っているのを知らないで履いて、後ろから刺された。「痛い、痛い、痛い」って言っているうちに、足が膨らんで、靴が脱げなくなったからナイフで切り落としました。

——亡くなる方もいますよね。

養老　ハチに刺されて死ぬ人は、年間25人ぐらいだそうですけど、毒で死ぬんじゃなく、アナフィラキシーです。ショックを起こすと、血圧がドーンと下がって、60とか40ぐらいになっちゃう。それで意識がなくなるから危ない。だから、それさえ防げばもうあとは大丈夫なんです。

ニコル　僕もそれは経験があります。アファンでしばらく働いていた若いカナダ人が、やっぱりオオスズメバチに刺されたんです。強い男だったけど、ちょっと歩いて、スッと倒れた。で、彼は80キロだったけど、僕は車まで背負っていって、病院に連れていきました。それで、やっと助かったんです。まあ刺されたところも悪かったけど。

養老　そう、顔に近いと危ないんです。

僕はラオスで、ヒメアシナガバチっていう小さいアシナガバチに刺されました。道のそばの灌木に巣をつくっていて、ちゃんと見張りがいて、気がつかないでその木をたたいたりするとピュッと見張りが来る。それで、鼻の頭を刺されてしまって、2回目にやられたときにはかなりひどかったです。

——現地の人は大丈夫なんですか。

養老　平気ですよ。アナフィラキシーは免疫系の過剰反応ですから。アファンでも話したように、小さいときからいろいろなものに触れていないと、免疫をコントロールするシステムがちゃんとできないから、何かあったときに過剰反応が起こる。でも、現地の人はいろいろなものに触れているから、刺されても過剰反応しないんですよ。

ニコル　うちで飼ってるスコティッシュフォールドのかわいい猫が、オオスズメバチが家に入ってくると捕ろうとするんですよ。体が小さいから、刺されたら死ぬんじゃないかと思うんだけど。DNAの中に、そういう怖いものには触らないという、ビルトイン防御システムは入っていないんですか？

養老　うちの猫もやってますよ。でも、ハチに刺されたぐらいで死ぬのかな。

ニコル　蛇は、見ると怖がるんですよ。

養老　猫は、大きい蛇からは逃げるけど、小さいのは捕る。うちで前に飼ってたシャム猫は、小さい蛇が蚊取り線香みたいに丸まったのをくわえて、得意になって見せに来たことがあります。

カニクイザルも飼ってましたけど、スズメバチが来ると逃げてた。たぶん前に刺されたことがあって、学習していたのかもしれません。でも、何が怖いのかはわかりませんね。その猿にラーメンをやろうと思って、麺を一本つまんで持ち上げたらすごく長かった。それを見たら「キャッ」って逃げたんです。

クモに名前をつける

養老　僕は、蛇は大丈夫なんですけど、クモがダメなんですよ。

ニコル　私はクモ、平気です。でも、ゴキブリはダメ。ただのゴキブリだと考えればいいんだろうけど、いま出てきたらやっぱりいやですね。あと、ドブネズミもダメです。

養老　急に出てくるし、動きが速いからでしょうね。僕が一番嫌いなのはゲジゲジ。

ニコル　でも、クモってきれいじゃないですか。器用だし。

養老　面白いと思うんだけど、ダメなんです。あと、ザトウムシがダメ。脚が長いのがいやなのかもしれない。脚が短いハエトリグモは平気ですから。ハエトリグモは目玉もたくさんあるし、かわいい。あれが大きくなったタランチュラはちょっと気持ち悪いけどね。

　クモは柔らかくてつぶれるからいやなんだと思ってたんだけど、そうとも限らないんです。ラオスに行ったら、甲羅でカチカチのクモがいて、かっこいいし、甲虫と同じようなものなんだけど、クモだと思うといやだった。

――好き嫌いが何から生まれてくるかって難しいですよね。

養老　わからない。本能的なものもあるし、あとで意識的に「クモだからダメ」みたいになることもあるし、いろいろ混じっていますね。

ニコル　私が17歳で初めて北極探検に行ったとき、先生から「何か調査しなさい」と言われたんです。ちょうど、我々のキャンプのすぐ横の崖にくぼみがあって、そこの木にクモが何千匹もいた。だから、そのクモを調べることにしたんです。

――北極にもクモがいるんですね。

ニコル　虫が飛んでる夏の6週間くらい、ずっとクモがいるんですよ。面白いでしょう？　オークスパイダーというクモなんですけど、そのときは何グモかわからなかった。それで、先生に聞いたら「写真を撮っておいて、あとから正式な名前を調べればいいから、自分で名前をつけろ」と言われたんです。

それで、25匹のクモに名前をつけた。ピーターとか、ハリーとか、ジョーとか。先生が「どうやって区別するの？」って聞いたけど、模様も顔も違うからわかるんですよ。毎日、今日はピーターが蚊を何匹捕った、ハエを何匹捕ったと記録しました。ハエは大きいからクモの巣の網のダメージも大きくて、そのときは「がんばれ、ピーター」って応援したりして、すっかり凝っちゃったんですよね。でも、くやしいのは、3カ月の調査が終わったら、先生が僕のノートを全部持っていっちゃったんです。それで論文を出した。私は手伝いということで。でも、まあいいや、北極に連れていってくれたからと思いました。

――北極にはほかにどんな虫がいるんですか？

ニコル　チョウチョもいるし、ハチもいますよ。ハチはバンブルビー。

養老　マルハナバチですね。毛がムクムク生えてて、いかにもあったかそうです。だから寒いところで暮らせるんですね。日本でも越冬しますよ。

ニコル　面白いのは、そのマルハナバチを見ると、イヌイットの男たちが怖がって逃げ回るんですよ。熊が来ても、ゆっくりと鉄砲を持って弾を入れて、でんと待ち構えるような男たちが、あのハチが飛ぶとみんな逃げる。なんででしょうね。だって、あのハチはあまり刺さないでしょう？

養老　刺さないですよ。

――たまにしか見ないから、びっくりするとか？

ニコル　いや、夏にはよく見ますよ。

――クモもマルハナバチも、北極の長い冬の間、じっと耐えて、夏の6週間だけ活動するんですね。

ニコル　私は、北極の虫には不凍液が入っていると思っています。僕のイヌイットの友達が、夏に、蚊を瓶にいっぱい入れて冷凍庫に一日入れておいたんです。凍ったのを出して、しばらく待ってたら、動きはじめたんです。

――ええ？　ほんとうですか。

ニコル　そう。僕も一緒にいたんです。

――日本の蚊だったらきっとダメですね。すごい。

いなくなった赤とんぼ

――虫の話をいろいろうかがって面白いんですが、虫は環境の変化でどんどん減っていると思います。アファンでも、サケを川に戻すには、水生昆虫が必要だというお話がありました。

養老　日本では、淡水の昆虫はひどいことになってるんですよ。環境省がはっきり絶滅種と認めたものもいるし。

――それはどういう虫ですか？

養老　キイロネクイハムシといって、昭和30年代に、兵庫県宝塚市の池で採れたのが最後です。恐らく田んぼとか、近くの古い池にはいたんだと思いますけど。最初に発見したのは、明治の初め頃に日本に来たジョージ・ルイスっていうイギリス人なんです。横浜の豊顕寺っていうお寺の池で。

ニコル　もうどこにもいないんですか。

養老　ダメですね。池も年中いじるから。

あと、いま、猛烈な勢いで減ってるのはトンボなんですよ。その原因とし

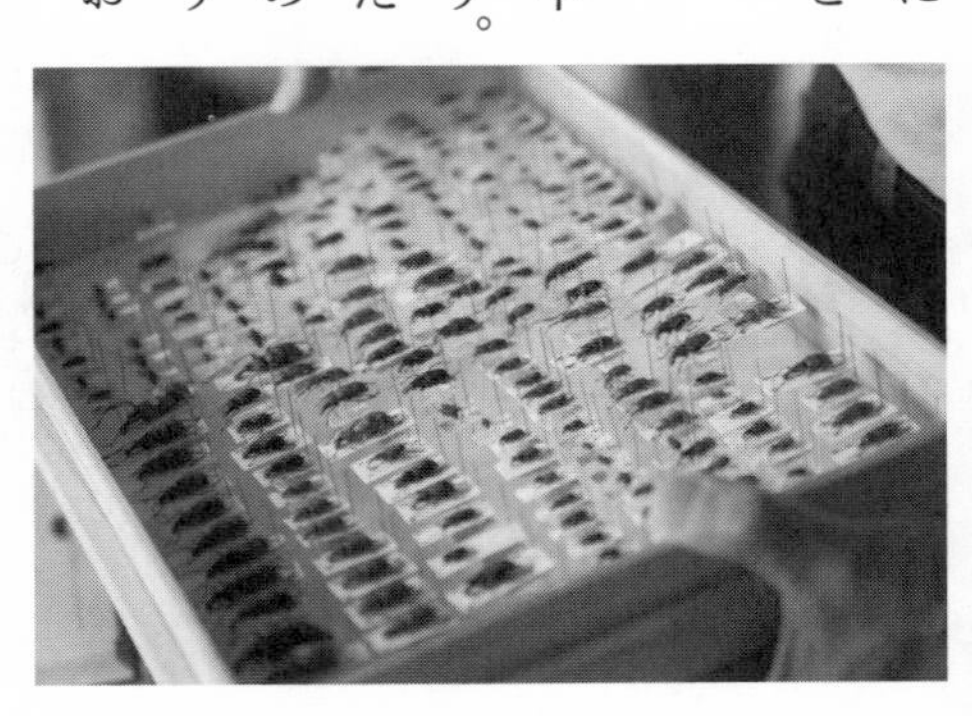

て、一番疑われてるのはネオニコチノイドという農薬です。

ニコル　その農薬でミツバチも死ぬと言われていますね。

養老　一番の問題は、日本はかなり使用量が多いことなんですよ。脊椎動物に害がない。人に害がないから、どうしても使いすぎる傾向があるんじゃないかと思います。ミツバチがいなくなったのも、ひょっとするとそれが絡んでる。それだけじゃなく、いろんなことの複合効果だと思いますけど。

――水生昆虫の場合、川岸や田んぼの側溝をコンクリートで固めてしまったりしたのもいけないと聞きます。

養老　明かりも大きいんですよ。田舎にコンビニができると、最初は猛烈な勢いで虫が集まって、4、5年するといなくなるんです。生態が狂っちゃうんですね。

ボルネオに行ったときは、山の尾根に出ても、明かりが何にもないから真っ暗でした。僕らが虫を集めるのに使ってる明かりしかなかった。それに比べたら、日本は明るすぎますよ。

ニコル　宇宙から見たらすごいですね、日本も、英国も、アメリカも明るい。カナダの北のほうはまだまし。

養老　僕は、前に書いたことあるけど、一番面白いのは38度線がきれいに見えることですよ。韓国が明るくて、北朝鮮が真っ暗だから。それで、平壌だけが、点になって見える。

ニコル　1980年に黒姫に住み着いたころ、秋になると空に何千、何万ものアカトンボが飛んでいた。だから、日本は秋津島、トンボの国というんだとわかりました。

養老　赤とんぼも見なくなりましたね。モースという東大の最初の動物学の教授は、『日本その日その日』という本の中で、日光の中禅寺湖に行ったときに、「顔にトンボがぶつかる。こんなトンボが多いところは見たことがない」って書いてます。それがいまやほとんど絶滅状態ですから、これはすごいとしか言いようがない。

猛烈な勢いで虫の数が減っていますから、当然、生態系で虫の上位にある魚とか、そういうものがこれから減ってくるはずです。ボディーブローみたいにゆっくり効いてくると思います。

ニコル　アファンにはいま43種類のトンボがいます。ホタルは2種類戻りました。よそから持ってきたのじゃない。生育環境をよくしたら、自然に戻ってきたんです。でも、トンボは少し減りはじめています。なぜかと調べたら、池に泥がたまっている。だから、ちょっと掻い掘りをやろうかなと考えています。生き物を守るために、自然に任せていいか、人間が手当てするか。ほんとうの理想は自然に任せることだけれど、現在の日本の状態では自然に任せられないと僕は思ってるんですね。〝We have to be gardeners〟（我々は庭師でなくちゃいけない）。エデンの園は、もうつくり直さないとダメだと思う。

私は、3人のアメリカ人学者が、明治時代に日本と中国の農業を見て書いた『3000年の農業』という本のリプリントを読みました。そこに、昔の日本や中国では、運河の泥を掻き出して、酸素と合わせて肥料に使っていたと書いてありました。そうすると、流れてくる砂とか泥だけじゃなく、沈殿してる落ち葉なども入っていますから、すごく栄養があったわけです。アファンでも、掻い掘りしたら肥料にしてみたい。そうすれば、トンボやホタルも、畑の作物も喜ぶ。何かをやって、ほかの生き物が喜んでくれたら、すごくうれしいです。

生き物は複雑なシステム

ニコル　福島でも、少しずつ虫に影響が出ているみたいですよ。

養老　ちょうどニューヨークから知り合いの大学の先生が来て、放射能の影響の話もしました。アメリカでもスリーマイル島の原発の近くで、貝なんかに異常が出ているらしいですけど、生き物に対する影響はそれぞれみんな違うから、一口に言えないんですよ。どういう生き物に何が起こったかを一般化することはできないんです。そこらへんが生物について議論するときの一番難しいところで、だから逆に、安全性でもいろいろもめるんです。

――前に、環境ホルモンで生き物に異常が出るという話もありました。でも、あとから環境省が、それほど心配しなくても大丈夫と訂正しましたね。

養老　そうなんです。生き物への影響って、そういうところがある。たとえば、さっきニコルさんも言ってたように、ミツバチの大量死の原因はネオニコチノイドじゃないかという意見が強い。それで、EUも2013年から2年間、暫定的に使用停止にしました。でも、それだけが原因とはどうも思えない。生き物の場合は、原因を一本化できないんです。それは当たり前で、一個の生き物が一つの生態系、つまりシステムですから、そのシステムが一つの原因で動くとすれば、それは非常に例外的なケースなんです。

生き物が一つの原因では動かないことを示す実験はいろいろあります。たとえば、マウスの乳がんで、一つの遺伝子で起こることがはっきりしているものがあるんです。この遺伝子を持つマウスは100%乳がんになる。その遺伝子を、乳がんが絶対できない系統のマウスに移したら、どうなると思いますか？　移されたマウスも100%乳がんになると思うでしょう？　とこ

ろが、もともと100％乳がんになる系統と、絶対ならない系統を何度もかけ合わせて遺伝子を移したら、97％しか乳がんにならなかった。乳がんの遺伝子の働きを抑える遺伝子があることがわかって、その遺伝子を取り除いても、乳がんになったのは99％でした。残りの1％はどうしてもならなかったんです。生き物ってそういうものなんですよ。

だから、生き物の場合、「すべてそうなる」とは言えないんです。いまの人は、そういう、ややこしい議論をしたがらないけれど、生物の話は、物理や化学の話とはちょっと違うんですよ。

――最近は、細胞をいろいろ操作できるようになってきてますけど、化学の反応みたいに、「これとこれを混ぜればあれができる」というほど簡単ではないということですね。

養老　そうです。生き物は甘くない。だって、我々は、1個の細胞ですら、化学的にきちんと記述できないんですよ。1個の細胞の中には、遺伝子が2万個近くもあって、タンパク質が数えきれないほど入っている。しかも、それぞれ立体的な形が違う。それを全部書き出されても、誰も読めませんよ。つまり、細胞の正体は、厳密な意味では不明なんです。それをいじって何かできたといっても、「正体不明のものをいじったら、別の正体不明のものができた」というのと同じなんですよ。

アレルギーの話が厄介なのも、我々が生き物だからです。寄生虫を飲めば花粉症が治ると言われているけれど、必ず直るとは限らない。寄生虫を飲んだら、寄生虫感染の症状が出ただけということも十分あり得る。だから正規の治療として認知されてないんです。

——がんも、いわゆる民間療法がよく効く方もいます。

養老　それがプラシーボ効果なのか、本当に効いたのかもわからないですね。まあ、それがわかったところで、どうせほかの病気で死ぬんですから、いいですけど。

キリンの首はなぜ長い

ニコル　話を戻しますけど、生き物の形がどういうふうに決まるのかをもう少し教えてください。前に落語を聞いたんです。一人が「キリンの首はどうしてあんな長いの？」と聞いたら、先生が「バーカ。頭があんな高いところにあるんだから、首は長いに決まってるだろ」って答える（笑）。ほんとうはどうしてですか？

養老　真面目に答えると、四本足の動物では、前足の長さと首の長さは一致するんですよ。

　つまり、立ったまま地面に鼻先が届くことが大事なんです。馬の場合は、顔も長くして、長い首と顔を足すと、前足と同じ長さになる。

ニコル　じゃあ、キリンは足が長いから首も長い。

養老　そうそう。足が長いから、その分だけ首が長くないと、立ったまま水が飲めないでしょう？　立ったまま水が飲めたり、えさが食べられたりしないと、いちいちかがまなきゃならない。そうすると、逃げるとき困りますよね。

ニコル　なるほど。

養老　面白いのはゾウなんですよ。ゾウは首も顔も伸ばさないで、鼻だけ伸ばしたんです。ゾウの先祖は頭が大きくて地面についてたんですよ。もともと頭が大きいから、体が大きくなったときに、同時に頭を大きくしたらどうにもならない。だから、頭を胴体のほうにずーっと引っ込めていった。でも、やっぱり鼻先が地面に届くことだけは残したので、鼻が長いんですよ。かがまないで水が飲める。

ニコル　人間はできないですね。

養老　できないです。だから、手を使うんですよ。

——生物の体って理にかなってできてるんですね。

養老　そう。考えようによってはね。でも、キリンはなんであんなに足が長くなって、首も長くなったのかはわからない。要するに長くなっちゃうんですよ。生き物の形態は、できちゃったからしょうがないっていうことが多いんだと思います。

――さっきのヒゲナガゾウムシみたいに、メスの好みなんでしょうか？

養老　実は、最近は、単にメスが好きだからというのとは、ちょっと違う説明になってるんですよ。カブトムシの角が大きいのは、「こんなに不自由な角を持っていても、私はちゃんと元気で生きています」っていう証明になる。強い男の証明だという考え方です。

同じようなことが、形だけじゃなく、利他行動についても言われてます。たとえばシカの群れにライオンが近づいてきたとき、若いシカがピョーンと跳ねて仲間に知らせる。それは体力を消耗するし、目立つから本人にとっては損ですよね。そういう利他行動がどうして進化したかは問題になってるんですけど、いまの説明では、あれは「飛んだり跳ねたりしてエネルギーを使っても、俺は足が速いんだぞ」っていうデモンストレーションで、それをメスが「格好いい」って思うからだというふうに変わってきています。

——でも、それは人間でもありそうですね。あえてバカなことをして、「それでも俺は大丈夫なんだぜ」みたいな。

養老　それで事故起こしたりしてね。

ニコル　僕の先生は、〝protean behavior〟という言葉を教えてくれましたよ。これは、たとえば、ライオンから逃げないで、ライオンに向かっていくような、エキセントリックな行動のことです。「たまにとんでもないことをやるものの中に、生き残りが出る」と言ってました。北極によくいるガマルス（ヨコエビ）は石の下に集まっていて、石をどけると一斉に逃げます。そのとき、必ず、みんなと逆方向に逃げるのがいるんです。全部同じ方向に逃げると、そっちで何かあったとき全滅しちゃうから。

養老　そういう考え方もありますね。でも、こういう説明って、みんな人間に当てはめてるんです、結局。でも、生き物はきっと人間が想像もしないようなことをしているんだと思う。生き物の面白いところって、そこなんですよ。

熊との付き合い方

――ニコルさんは、虫よりも、大きい動物がお好きなんですよね。

ニコル 僕は熊が大好き。だいぶ昔になりますが、当時のアファンの地元の町長が、選挙のとき、熊を全部殺すと公約したんです。それで、町長がみんなの前で、「ニコルさん、人間と熊のどっちが大事だと思う?」って聞くから、「さあねえ。人間は大勢いるから、役に立たない人間も多いよ」って答えた。本当は「おまえさんより熊のほうがずっと大事」って言いたかったけど、抑えたんです。

――でも、熊の被害を受けている方もいるから、全部殺すという話になったんですよね?

ニコル 私のところだってハチは飼ってたし、畑もあるし、熊にやられて憎らしいと思うこともある。でも、30年も同じ畑でトウモロコシをつくり続ける人間のほうもバカじゃないかって思うんです。

日本には野生の熊が生存している。それだけで、自慢するべきことだと思うんです。英国で絶滅したのは1000年前ですよ。ですから、ヨーロッパの国に行くと、まず僕は「山に住んでいる」と言っただけで尊敬される。そして、「熊のいる森がある」と言ったら、もうそれが勲章です。

——熊にはよく会うんですか？

ニコル 朝早くか夕方、一人でゆっくり歩いているときに、会えますね。そして、会ったら、挨拶をする。

——挨拶をする？

ニコル だいたいにおいだけでお互いにわかってますから、「僕ですよ」と。カナダではしょっちゅう会っていて、そのときも挨拶をしていました。カナダでは熊をいじめないから、よく人の前に出てくるんです。

養老さんも行かれたというプリンセス・ロイヤル・アイランドにはアメリカクロクマが住んでいますが、その10％が白いんです。シムシャン族という先住民がそれを「スピリット・ベア」と呼んですごく大事にしています。だから、人間を怖がらないし、襲ってもこない。

シムシャン族の伝説では、「昔地球が氷河で覆われたときに、生き物はみんな困った。人間も困った。それで、人間が神様の使いのワタリガラスにお願いしたら、神様が氷を解かして緑を戻してくれた。そのとき、また生き物たちが勝手なことをしないように、神様が残したのがスピリット・ベアだ」というんですね。

——その熊はアルビノなんですか？

ニコル　そうじゃないです。目は黒いですから。遺伝子の組み合わせで白くなっていると思います。たぶん、氷河期にはこの島も氷で白くて、体が白いほうが目立たなくて有利だった。そのあと、氷河が解けて森ができたら、今度は白いと目立って、黒いほうが目立たない。でも、この島では、白くて目立っても不利じゃなかったから、体が白くなる遺伝子が生き残ってきたんでしょう。

養老　生き物には、昔使ってたけどいまは使ってないっていう遺伝子がたくさんありますからね。たとえば、鳥には歯がないけど、歯のエナメル質をつくる遺伝子は持ってますから。で、環境が変わると、そういうのがまた働いたりする。

人間ががんになると消耗するのも、そういう「寝ていた遺伝子」が起きるのが一因です。そういう遺伝子が、大昔に使っていた酵素とか、変なタンパク質を大量につくって、それが悪い作用をするんです。

第五章

五感のこと、意識のこと

ハエも用心するクサヤのにおい

ニコル　僕は、最初に北極に行ったとき、先生と一緒に面白い実験をやったんです。夏のツンドラにカモメやアザラシの肉とか魚を置いて、どんな虫が来るかを見る。そのとき、肉や魚が腐っていく段階を5つに勝手に分けたんです。1段階目、2段階目だと、肉を置いて1時間もしないうちにアオバエが来て食べる。そして、ちょっと乾いて肉に割れ目ができると、そこに卵を産む。3段階目でかなり臭くなって、4段階目でひどくなって、5段階目は臭くて臭くてたまらない。どんな段階でもハエは来るけど、4、5段階目は卵を産まないんです。それで、ハエはきっとウジは育たないとわかっているんだろうと、勝手に思っていました。

その臭さは忘れられない。特に魚は忘れられない。日本に来て、式根島でクサヤを食べたとき、これは5段階だなと思いました（笑）。新鮮な魚に、ハエでも卵を産まない臭さをつけて乾かしているんじゃないかと、納得しましたね。

養老　においの話をすると、10年くらい前に、ある大学の植え込みで、飛び降り自殺の遺体が見つかったんですよ。結構人通りはあったはずなんだけど、一年間、誰も気づかなかった。なんでそんな事件が起こるかというと、いまの人は、人が死んでいるにおいがわからないんです。何かにおいがするけど、どこかに死骸があるっていう確信がないんだと思う。

ニコル　いやな話ですけど、僕はエチオピアでいろいろとあったから、わかります。それで、バンクーバーにいたとき、イカが腐っているにおいを、人間の遺体のにおいと間違ったことがあります。アパートの隣の日本人が、冷蔵庫の中にイカを入れたまま、電気を切って出かけてしまい、イカが腐った。そのにおいで僕は「誰か死んでる」と思って、警察を呼んでしまった。でも叱られなかったんですよ。

養老　僕も、解剖をやっていたから、遺体のにおいはよく知っているけれど、普通の人は知らないですから。最近、賞味期限を書くようになったのも、傷んだもののにおいがわからなくなったからでしょう。

ニコル　最初に日本に来たとき、いろいろな先輩の家に行きましたけど、あの当時は電気冷蔵庫がまだ少なくて、氷のブロックを入れる冷蔵庫でした。それで、お母さんが「お父さん、これ、まだ大丈夫？」と聞くと、お父さんが「うん、大丈夫」とか「いや、ちょっと」なんて答えるのが、すごく印象的だった。日本人はものすごくにおいがわかってたんですよ。

養老　僕の賞味期限の定義は、「食べ物が目に入ったとき」なんです。僕らが子どもの頃は食糧難で、見たら食べないとなくなっちゃったから。いまは、食べ物がありすぎるから、賞味期限が必要なんです。

ニコル　私は、まったく賞味期限は見ないです。全部においで決める。

人の顔色をうかがうための進化

養老　嗅覚っていうのは、五感のうちで一番基本的な感覚なんですけど、解剖学的に言うと、そもそも人間は脳が大きくなった分だけ、嗅覚が退化しているんです。

人間の顔は、ほかの動物に比べると鼻と口が突き出ていなくて平らでしょう？　こういう顔になるときに、一番小さくなったのは鼻腔なんです。だから、鼻腔の天井にある嗅粘膜がにおいを嗅ぐ部分なんですけど、そこが人間はあまり発達していない。その代わり視覚が発達したんです。だから極端なことを言うと、目玉が鼻を押しつぶしているわけです。

――なるほど。

養老　中枢で見ても、人間の嗅覚は弱いんです。嗅球というにおいの中枢が脳の下についているけど、おたまじゃくしみたいに小さいんですよ。ところが、ネズミとかほかの動物では、大きい嗅球が脳の前のところに、がちっとついている。人間でいうと前頭葉の前にあたる大事なところに。

サルは木の上にいるから、においは重要じゃなくて、むしろ果物が熟しているかとか、見た目が重要だったんでしょうね。でも、もっと重要なことは他人の顔色を見分けることだったんです。

ニコル　それはどういう意味ですか？

養老　人とかサルの網膜には、色を感じる細胞が、光の波長に応じてS、M、Lと3種類あるんです。たいていのほ乳類はSとLの2種類しかないのに。しかも、MとLが感じる波長は近いんです。それで、なぜMが霊長類でできてきたのかがよくわからなくて、僕が学生の頃は、植物の新芽とか果物を見分けるために発達したといわれていた。

ところが最近、MとLは、人間の顔色が悪いときといいときにちょうどピークがあっていることがわかったんです。実は、人間の顔色は、血液の量や酸素飽和度で2種類に分けられる。それを見分けるために、MとLの両方が必要だったと言うんですね。

我々は「顔色をうかがう」と言いますが、その通りで、サルや人は社会的な動物だから、他人の顔色に敏感なんです。それで、顔色を見分けるために、色を感じる細胞が3種類に増えた。社会生活をしなければ2色で十分だったんです。

――そうやって発達した視覚を、いまは、本やテレビやパソコンを見るのに使っているわけですね。

ニコル でも、みんな目に頼りすぎです。アファンの森には、盲学校の子どもたちも来てナイトハイクするんですね。そうすると、うちのスタッフはダメ。真っ暗だし、ライトもつけないですから。でも、子どもたちは、昼間歩いた道を覚えている。足の裏で、「いまチップから普通の道に変わった」とかわかる。だから、どんどん歩くんです。

――視覚以外の感覚が発達しているんですね。

ニコル でも、写真を撮るんですよ、携帯電話で。形はわからないけど、光はわかるから。「スミレが咲いているよー」って触って、写真を撮る。スタッフの写真も撮る。あとでお父さん、お母さん、おじいちゃんたちに、自分はどこに行ってたか、誰に会ってたか見せたいからと言ってました。その言葉は、すごく感動的でしたね。

意識はコントロールできない

養老　僕は、感覚というのは、違いを識別するものだと思っています。「におい がする」ということは、それまでにおいがなかったということを意味するんです。それに対して、我々の意識は、いろいろなものを「同じ」にしようとする。この茶碗とあの茶碗はよく似ていても違うものですが、意識はどちらも茶碗だという。そうやって概念化していくんです。我々の意識が持っている一番強い能力は、「同じにする」能力なんですよ。

――ちょっと難しいお話になりました。でも、意識の問題は、養老先生にとって大きなテーマなんですよね？　せっかくの機会なので、今日は少し詳しく話していただければと思います。そもそも、なぜ「意識」について考えるようになったんですか？

養老　科学が、意識の問題をタブー扱いしているからです。科学をやっているのは意識だから、意識は科学の大前提のはずです。それなのに、科学は意識の問題を外しちゃってるんです。

　意識は、自分が一番偉い、なんでも意識が決めてると思ってるんです。でも、意識は自前で動けない。目が覚めるときも寝るときも、無意識です。自分で眠りに落ちることもできないし、ここで目覚めようと思って目覚めることもできない。麻酔薬やアルコールの飲み過ぎで意識はなくなりますけど、その理由は誰も答えられない。意識がどうして出てくるかわからないんですから、消える理由もわからないでしょう？　科学で意識は説明できないし、定義すらない。

——意識について考えるようになったのはいつぐらいからですか。

養老　大学に入る頃には変なもんだと思ってましたね。勝手に寝て、勝手に目が覚めてるのにって思うと、別に意識が主人公って気がしない。でも、みんなそういうふうに思ってるじゃないですか。それが変だなと。

でも、意識の研究は医学部ではできないし、意識そのものを扱ったら哲学になっちゃう。だから、大学を辞めてからぼちぼち始めたんです。もっと素直に考えてみようって。わからないものを考えるときは、具体的に考えてみるしかない。どういうふうにしたら、どこまでわかるかなって考えて、動物と人がどう違うかとか、そういうことを考えはじめたんです。猫だってちゃんと寝てるときと起きてるときがあるから、起きてるときは意識があるじゃないですか。

ニコル うん。

養老 じゃあ、猫の意識と僕の意識はどこが違うんだろうって考えると、猫は喋らないっていうことがまず出てくる。それで、言葉のことに関心を持って、「人間はどうして言葉を使えるようになったのか」とか、「言葉を使うには、どういう前提が必要か」を考えたんです。そうしたら、初めて「同じ」っていうのが問題だと気がついた。で、「同じ」というキーワードにたどり着いたら、あとはひとりでに全部つながってきたんですよ。

たとえば、自分っていうのは、生まれてから死ぬまで同じ自分だと思ってるじゃないですか。でも、そんな保証はなんにもなくて、物質的には7年に

1回完全に入れ替わると言われてます。僕なんか11回も入れ替わっているんだから、同じ自分のはずはないんだけど、同じだと思う。それは意識が、同じだと思ってるんです。

人が失った絶対音感

――「感覚は違いを識別するもの」というお話も、そこから出てきたんですね。

養老 そうです。この世の中に同じものがあるかというと、実はない。よく似ているものはあるけれど、違うものです。それで、「あっ」と気づいたんです。感覚は、根本的には違いを発見するものだって。世界の違いを見ないと、感覚は意味がないんです。それで、動物は、感覚で世界の違いを見る段階にある。

犬の好きな人に「犬は言葉がわからない」って言うと、「でも、うちの犬は、家族の誰が名前呼んでも走ってくるから、自分の名前ぐらいわかってますよ」って言われる。でも、それは違うと僕は思うんです。犬は、家族のそれぞれが、自分を別な名前で呼んでると思ってる。犬は絶対音感を持ってますから、声の高さが違えば違う名前だと思うはずです。

犬だけでなく、動物はみんな絶対音感を持つことがわかってます。僕らが若いときは、小さいときから楽器の教育をしないと絶対音感はつかないって言われましたけど、たぶん人間も赤ん坊のときは絶対音感を持っているんじゃないかな。むしろ、人間は絶対音感をなくしていくんです。

――なるほど、育つ過程で。

養老 そう。なくさないと、犬になっちゃう。お父さんが低い声で言う「タロウ」とお母さんが高い声で言う「タロウ」が違う言葉に聞こえると、言葉が成立しないでしょう？　だから、我々は「タロウ」の「タ」という音を、高さの違いを無視して、「タ」だと識別しているんです。でも、「タ」はどういう音かって説明できますか？

――うーん。説明できないですね。

養老　めちゃくちゃ難しいでしょう？　そういうふうに、言葉はやたらに難しい能力を使っているんです。概念もそうで、この茶碗もあの茶碗も「茶碗」というように概念をつくるのも、動物には全然できないですね。つまり「同じにする」っていう能力は、人間で発生したんです。

感覚は違いを見つけるものですから、「同じにする」ためには、感覚を無視することが大事になってくる。感覚が「違う」「違う」と言い続けるのを、意識の「同じにする」能力が押さえつける。それが、我々の脳が初めから持っている一種の矛盾なんですね。

ニコル　私はいまでも、ものの数とか番号が苦手ですね。子どものときは〝One plus one is two.〟というのが納得できなかった。〝This is one. This is one. One plus one is one plus one. It's not two.〟と思っていました。

でも、僕は、たとえば鳥の群れがわっと飛び立ったとき、何羽ぐらいいるか、２秒で当てられます。アファンセンターの外で、小さなネズミがサッと走ったら、見ていなくてもすぐわかります。カラスが何を言いたいか、わかることもあります。

養老　数というのも、概念と同じで、感覚の世界を抽象化したものですからね。ニコルさんは、感覚的な人なんだなあ。

山の声が聞こえる

ニコル　私は50歳になってから3年続けて、3カ月ずつ北極に戻ったんです。1カ月くらいはイヌイットの友達と生活して身体を慣らして、そのあと、1カ月から1カ月半、一人でカヤックで旅をする。食べ物もライフルを持たずにね。

3年目の夏、シャーマンの道を進んで、あるとき、満潮と干潮の差が12メートルもある島に行きました。そこで、いろいろな音を聞きながら、過ごしているうちに、動物が反応するから自分が存在している、という気持ちになった。動物が反応していなかったら、自分が消えるような気がしました。

その状態になってから初めて、島や山の本来の音が聞こえるようになったんです。脳の中で何が起こったのかわからないけれど。ある山はshaking low hum（震える低いうなり）、別の山はsoft low hum（柔らかく低いうなり）というふうに、音はみんな違う。

それで、不思議なことに動物たちが僕のことをまったく怖がらないんです。カヤックをこいでいたら、アザラシがすぐそばにいて、パドルを止めたら、パドルを触りに来る。シギたちは、僕の靴の上にまで乗るんです。ホッキョクギツネとかオオカミもすぐそばに来て、何かやっているなって見ているんですね。

ケワタガモたちが子ども連れているところにカヤックで近づいて、そこからスーッと動くと、チビたちが追いかけてくるんですよ。特に、僕がケワタガモのお母さんの声を出すと、サーッと来るんです。それでお母さんが「どうなってるの?」って焦ったり。すごく面白かった。

——そういう経験ができたのは、きっと、ニコルさんがほんとうに生き物が好きだからですね。

ニコル　生き物にはものすごく興味があるんです。若い頃は、生き物が何をしているかを見るのが、僕の生きがいだったと言ってもいいくらいで、カモの鳴き声も一生懸命まねしてました。

――きっと絶対音感があるんですね。カモに通じたんですから。食べ物はどうしていたんですか？

ニコル　ホッキョクオコゼはいつでも捕れました。ホッキョクイワナも食べたし、コンブとキノコも食べた。３カ月、アルコールを飲まなかったことも大きいと思うけど、おなかの脂肪が取れて、体重が12キロ減りました。

僕の脳の中でも間違いなく変化がありました。目がよくなってメガネが必要なくなった。耳もよくなった。ただし、嗅覚もよくなったから、北極から帰ってきたら、家畜の肉が臭くて食べられなかったですね。それは10日間くらいで直りましたけど。

養老　ニコルさんは北極の自然の中で、五感が研ぎ澄まされたんですね。

文明社会は、気温も明るさも一定で、風も吹かないという環境をつくりた

がります。それが必要なときもあるけれど、そういう環境では感覚があまり働かない。だから、自然の中で、温度も変わるし、太陽も動くという環境で、五感を鍛えたほうがいいと思うんです。そうすれば、「同じにする」意識と、違いを捉える感覚の両方があることがわかる。僕が、子どもたちや親たちを外へ連れ出すのには、そういう意味もあるんですよ。

銃を撃つ前に逃げるカモ

ニコル あと、北極から帰って1カ月半ぐらいは、人の気持ちがすごくわかるようになって、レストランに入ったとき、怒っている人や悩んでいる人がいると、すぐにわかりましたね。科学者の先生の前でこういう話をすると、「相当なバカだ」と思われるかもしれないけど。

養老 そんなことはないですよ。

ニコル これも、非科学的かもしれませんけど、僕は動物がsixth sense（第六感）を持っているんじゃないかと思うんです。

若いとき、僕がカモを撃とうとしたら、撃つ前にカモが水に潜ったんです。僕の先生はコンラッド・ローレンツ（オーストリアの動物行動学者）の弟子で、その話をしても信じなかった。それで、カメラをセッティングして、私が完全に隠れて鉄砲を撃ったんです。そうしたら、カモは鉄砲を撃つ1秒前には水に潜っていたんです。そのあと、鉄砲の火花が見えて、弾が水面に当たった。だから、火花や音で潜ったんじゃないんです。

先生と、何かあるけどわからないから発表できないねと話しました。僕はサインを出していないつもりでも、動物が反応する。僕は、動物を撃とうと思ったときに、そういうことを何回も経験しました。それを、よく武道でなんとかといいますよね。

養老　「殺気」って言うんです。こういう話は、理性的になるとよけちゃうんです。理屈で説明できない、意識にならないものは、ないことにするから。

ニコル　でも、ひょっとしたら、殺気のオーラの中に、においもあるかもしれないですね。

養老　それは非常に大きいと思います。

僕の記憶に残ってるのは、香料会社で調香師をしている若い人の話です。その人が子どもを連れて田舎の実家に帰ったとき、子どもを座敷に寝かせておいて、別室で両親と話をしていた。途中で子どもの様子を見に行ったら、子どものそばを大きなムカデが這っていた。その途端にプーンってにおってきたのが、自分の体臭だったそうです。つまり、においを出して、ムカデに対して「あっち行け」って言ってたんですよ。

――なるほど。人間も、身を守るためにそういうにおいを出すんですね。

養老　敵に会ったときとか、要するに恐怖を感じたときは、相手を拒否するにおいを出すんです。それは、相手がすぐにわかる。だから、敵対心を持ったり、怖がったりすると、襲われるんですよ。相手のテリトリーに入って「あっち行け」といったら、誰だって怒るでしょう?

そういうにおいは人間のフェロモンで、それを感じるのは、普通の嗅覚器官ではなくて、ヤコブソンの器官（鋤鼻器〔じょびき〕）なんです。人間では退化してるって言われてるんだけど、僕は解剖の経験から、退化してないと思っています。

——じゃあ、ニコルさんはそういうにおいを出していなかったから、北極で動物がニコルさんを怖がらなかったんですね。

養老　全然出さなかった。それもあると思います。緊張したらダメなんです。

——なるほど。それは動物との付き合い方の極意ですね、きっと。

養老　でも、考えたからできることじゃないんです。そうしようと思っても、怖いと感じたら体が勝手に反応するから。

ニコル　ともかく、僕は、動物や鳥が僕をまったく怖がらないことが、一番うれしかった。理想的でした。僕は、カヤックで沖に流されて、もう戻れないと思って死を覚悟したとき、アザラシが僕を誘うように泳いでくれて、陸に戻れた経験もあります。きっと、アッシジのフランチェスコ（中世イタリアのカトリック修道士。フランシスコ会の創設者で、「自然を愛した聖人」として知られる）も、そういう人だったんだと思います。

夢と意識

ニコル　犬や猫は夢を見ますか？

養老　見ますよ。脳波で見てわかってます。レム睡眠のときは必ず夢を見てる。夢の中の動作をすることもありますよ。うちの猫を見てると。

ニコル　僕はどうして変な夢を見るのかなと思って。

——変な夢ってどんな夢ですか。

ニコル　『風を見た少年』とか『裸のダルシン』とか、僕のいくつかのファンタジーは、夢を見て、目が覚めてから書いたら小説になっちゃったんですね。

——でもそれは、ずっと小説のテーマを温めていたからじゃないですか。

ニコル　そうかもしれませんね。

——気になってることを夢に見るっていうのはよくありますよね。

養老　ルイ・ジューヴェというフランスの昔の俳優の甥が、夢の研究者なんです。彼は30年以上、自分の夢を毎日記録したんです。それで、たとえば「旅行の夢を見るのは、旅行から戻って1週間目が一番多い」というようなことを書いてます。旅行の夢を見る頻度は、そのあと減っていくんですが、その減り方は物理法則に近いとも書いています。

面白い逸話も書いてありました。一卵性の双子にパーティーで会ったときに、兄さんのほうが、自分がしょっちゅう見る夢の話をしていたら、途中から来た弟が、続きを話したと言うんです。

——二人とも同じ夢を見ている。不思議ですね。

夢を見てるとき、意識はあるんですか？

養老　夢は一種の意識です。脳波をとると、覚醒時とほとんど変わらないですから、大脳の動きはほとんど同じです。だけど、下位の部分、つまり脳の中心部の大事な部分の機能がなくなって、大脳皮質が勝手に動いてるような状態なんです。そうするとああいうふうにデタラメになるんですね。

覚醒しているときは、脳幹が覚醒のほうにスイッチを切ってるんです。下位の中枢を含めて、ちゃんと動くように。このスイッチの切り替えが、普通の人とちょっとずれてるケースが1割ぐらいいて、そういう人はいろんな面白いことを起こすんです。

たとえば、有名な金縛り。あれは、意識は覚めてるんだけど、運動系がまだ完全に寝ちゃってるんで、動けない状態です。臨死体験をするのもそういう人たちです。それから、白昼夢って、昔から言うでしょう? あれを見る人たちもそうです。完全に起きてるような現実感で夢を見てるんです。

——意識というものがどうやってつくられているかと考えると、難しいものですね。

養老 そうです。だから、「そんなもの、あんまり信用しないほうがいいよ」って僕いつも言うんです。

時間と空間

——時間というのも不思議ですね。時間も意識があるから存在するんでしょうか。

養老　意識によって構築されるというのが僕の意見です。視覚と運動を結びつけるのって、たいへんなんです。聴覚と運動は、耳の中に体のバランスをとるための感覚器官があるぐらいですから、深く結びついているし、体操は音楽や号令を聞きながらやるでしょう？　でも、目で見て動作をまねするのは難しい。これは何が問題かというと、視覚は時間を止めるものだからです。写真を撮ると、瞬間が永遠になるし、映画はコマ撮りの連続で動いて見える。目は瞬間を積み重ねているんです。

でも、言葉は目と耳を一緒にしなくちゃいけない。そのために、「時間」と「空間」という概念を発明する必要が出てきたんです。つまり、視覚が聴覚を理解するためには「時間」という概念が必要だし、聴覚側が視覚を理解するためには「空間」という概念が必要だったんです。だからカントが、時間と空間はア・プリオリだって言ったんですよ。

――なるほど。

養老　言葉の前提はその二つで、目と耳が折り合うために発明されたんです。

ニコル　目と耳が折り合う？

――目が捉えている情報と、耳が捉えている情報は違うということですね。

養老　みんな同じだって思ってるけど、それってめちゃくちゃなことなんですよ。

――動物でも時間と空間の概念はあるのでしょうか。

養老　言葉がないから、概念というものがない。大脳が小さいから、その中で両方をつなぐ余地がないんです。だから目は目、耳は耳。風景は風景、音は音。

――でも、「この音は、あそこで木が揺れている音だ」というように、動物でも視覚と聴覚の統合はあると思うんですけれど。それとも、そんなに高度に抽象化して統合する必要はないということですか。

養老　必要がないというより、脳が小さいからできないんだと思います。ヒトとチンパンジーは、目と耳の大きさが同じで、視覚と聴覚の一次中枢の大きさも同じ。でも、チンパンジーの脳の大きさはヒトの3分の1しかないから、つなぐ部分がものすごく小さくなるんです。

「意識の時代」と「身体の時代」

養老　意識についてこれまで日本人がどう考えてきたか、歴史を振り返ると、意識的なものが前面に出てくる時代と、無意識的なもの、つまり身体が前面に出てくる時代の両方があるんですよ。

僕は、鎌倉に住んでますけど、鎌倉時代はいまの時代の人には一番理解しにくいんです。あの時代こそ身体が前面に出ている時代で、腕力の強いほうが勝ちみたいなところがあって、下剋上になった。鎌倉が世界遺産にならなかったのは象徴的で、あの時代の遺物はほとんど残っていないんです。『平家物語』と『方丈記』の書き出しが、両方とも諸行無常で、諸行無常のものは何かというと、実体のあるものなんです。だから残っていない。

ところが、情報は諸行無常じゃないんです。平安時代に書かれた歌は、いまでも残っています。書いた人はもういないけど。平安時代は、死罪になる人がいなかったというぐらい、平和な時代だった。そういう時代は意識が前面に出てくるので、どうしても人が弱くなるんです。だから、大宮人（おおみやびと）はダメの典型じゃないですか。

――そうですね。

養老　だから坂東の鎌倉武士の時代になったんです。当時出来上がった仏教が鎌倉仏教です。中国から来た臨済宗、曹洞宗も、日本でできた日蓮宗、浄土宗、浄土真宗も、全部修行があって、ある程度「身体」が表に出てくる。それで、書き残したものはほとんどないんです。だって、人生は動いて消えるもので、残してもどうせ諸行無常ですから。そういうときは身体が表に出るから、たとえば彫刻も運慶・快慶になるんですよ。

――そうですね、金剛力士像なんて筋骨隆々ですもんね。

養老　あんなウソないですよ。ボディビルもないのに、あんな身体をした人が日本にいるわけない。あれは例外的だけど、ほかは写実的。ガイコツを描いた九相詩絵巻なんかは、めちゃめちゃ正確で、写実だってはっきりわかる。そういう目を持った人の時代を、いまの人が理解できるかっていうと無理だと思うんです。

――いまは情報ばかりで、現物を見ない……。

養老　そう。情報を一言で定義すると、「時間と共に変化しないもの」を指してるんです。写真もそうだし、書かれたものもそう。10年経ったって一切変わらないんです。

そして、意識は変化しないものしか扱わないんです。だから、さっきも言ったけれど、いまの時代の人は、自分はいつも同じ自分だと思っている。こんなの完全な錯覚だけど、意識は同じだっていうんです、情報として見るから。だから、いまの人は名前を変えないでしょう？

昔は秀吉の名前なんて、子どものときから天下を取るまでどんどん変わった。しかも、名実ともに変わった。そういう世界を今の人は理解できないというか、考えないんです。

だから、いまの時代の人は、子どもみたいに一番よく変化していく相手を扱うのが下手なんですよ。動くものを扱えない。止まったものなら扱える。ゲームは逆で、画面が動いているから一見動いているのを扱っているように思えるんだけど、何度やっても同じなんです。その都度変わっていくものぐらい、いまの人が苦手なものはないんじゃないでしょうか。

第六章

聞くこと、話すこと

英語を強制されたトラウマ

――ニコルさんは、英国のウェールズのお生まれですけれど、ウェールズにはウェールズ語という言葉があるそうですね。ウェールズ語と英語はずいぶん違うんですか？

ニコル　ウェールズ語のルーツはケルト語で、ケルト人がブリテン島に住み着いた3000年前からいまの形とあまり変わっていません。いまの英語はだいたい1000年前にできました。古い英語は、5世紀にブリテン島に来たゲルマン人の言葉ですが、1066年にノルマン人が英国を征服して、古い英語にフランス語が入り、いまのようになった。だから全然違いますね。

私は小さいときウェールズ語をしゃべっていて、英語はしゃべってませんでした。でも、5歳で学校に入ったら、全部英語。学校でウェールズ語を話したらすごくいじめられたから、「しゃべっちゃいけないな」と思いました。それで、ウェールズ語は話せないんですよ。聞いて30％くらいはわかる。文字を読めば、音は正しく出せる。でも、意味はわからない。すごく、言葉を通したトラウマ、inferiority complex（劣等感）がありました。

だから、私が日本の国籍になったときに、ウェールズの家族はみんな「よかったねー」って言ってくれて、反対した人は誰一人としていなかったんですよ。日本では、日本語が少しできると、みんなすごく褒めてくれます。やっぱり「聞く」だけじゃダメで、「話せる」ことが大事。

――ウェールズの方たちは、英語で教育を受けなくちゃいけないんですね。

ニコル 私の頃はそうでした。いまは、ウェールズ語で教育を受けるか、英語で教育を受けるかを選択できます。ウェールズも独立運動が激しくなった頃があって、ロンドン（イギリス政府）が「わかった、わかった、ウェールズ語を認めましょう」と言ったから、そうなりました。

ウェールズ語で教育する学校はWales school（ウェールズ・スクール）と言うんですけど、子どもたちは、授業で英語を習うから正しい英語を覚えます。12歳までに、ウェールズ語と英語を習うから、そのあとロシア語とかフランス語とか中国語を足すのは、苦労じゃないんですよ。だから大学に入る率が圧倒的に高い。そうすると、パキスタンとかアフガニスタンとかナイジェリアの人たちが、無理しても、ウェールズの近くに住んで、自分の子どもをウェールズ・スクールに入れようとするんです。だから、ウェールズ・スクールはもうパンパンです。

気持ちと結びつく日本語

――ニコルさんはいつも頭の中では何語で考えていますか？

ニコル　しゃべっている言葉で考えています。

――では、日本語でしゃべるときは頭の中も日本語。

ニコル　だから僕は通訳はできないですね。翻訳はある程度できますけど。日本語と英語の両方が出ているときがありますね。たとえば、テレビでBBCとかCNNのニュースの同時通訳をやっているときとか。そうすると、両方ともわからない。たぶん、脳の違う場所を使うからだと思います。

日本語が大好きだけど、敬語はできないですね。年上の人に丁寧に話をするのは当たり前だけど、敬語にはいろんな段階があってわからない。

——敬語の使い方は、日本で生まれ育ってもなかなかわからなかったりしますからね。じゃあ、日本語で考えているときと英語で考えているときは違うニコルさんですか?

ニコル　違いますね。私は3つの小説を日本語で書いたんです。それを自分で英語に翻訳したら、全然違う人が書いたみたいになりました。

日本語は22歳から覚えたから単純ですね。ゆっくり考えて日本語で書くと、自分の気持ちを説明するには日本語のほうがいいです。でも、論理的に説明しようとすると英語のほうがいい。

養老　僕の経験でも、自分の気持ちを表すのに日本語は非常に便利だと思います。それを「主観的」と言うんです。そして、いま、ニコルさんは「論理的」と言われたけど、論理的というよりも「客観的」に書こうとすると英語のほうがいいんです。

言葉で何かを表そうとするとき、「自分」があって、「言葉」があって、表そうとする「対象」がありますね。日本語では、言葉と気持ちの関係性が固いんです。だから、自分の気持ちが言葉に直接いっちゃうんです。ところが英語だと、言葉と対象の関係性が固くて、自分がどう思っていても、言葉を変えることができない。これを客観的と言うんです。逆に言うと、英語はうそがつきにくい。うそをつくときは「真っ赤なうそ」になるんです。

日本語は気持ちと結びついていて、対象との関係は自由だから、すぐ「私は悪くありません」とか「すいません」となってしまう。だから日本語は「語るに落ちる」んです。しゃべっていればすぐ本音がバレちゃう。それをやらないためには、官僚答弁をすればいいんだけど、今度は、そういう言い方をしてごまかしているんだっていうことがバレちゃう。

英語だとそれが全然違って、自分の気持ちはともかくとして、対象を書くことができる。そういう客観性が根本になっています。僕はオーストラリアで交通事故を起こしたことがあって、自分の子どもがケガをしたものだから調書を書いて出さなきゃいけなかった。そのときにしみじみ思ったんです。日本語だったら「俺は悪くない」で済んじゃうのに、英語だと「大体どのぐらいの距離から時速何キロメートルで」という感じで書かなければいけない。そこが全然違うなと。

じゃあ、英語で書くときに、そういう事実を省略すればいいじゃないかっていうんだけど、そこを省略すると英語の文章にならないんですよ。言葉とものとが固着してるから、何も言ったことにならない。だから、裁判制度も全然違ってきて、英語は証拠主義で証言主義になっちゃう。ものとの関係が非常にきついので、もし自分の都合のいいようにものを言おうとすると、真っ赤なうそをつかざるを得なくなる。だから、証拠とか証言に当たっていくとうそがバレるんですよ。一方、日本の場合は自白主義になるんです。しゃべらせていけば、ひとりでに悪いと思っているかどうかバレちゃう。

訓読みは難しい

ニコル　僕は日本語を、音としてとても美しい言葉だと思っています。漢字はダメです。最初は、漢字を一生懸命覚えようとしたけど、覚えるほどいやになったんです。読み方を間違えたらバカにされたり笑われたりする。そうすると、男だからムッとする。それで、漢字が嫌いになったんです。

養老　「読み書きそろばん」というぐらいで、漢字の読みは難しいんです。読む脳が、仮名読みと漢字読みの二つに分かれている。そういう言語はほかにないんですよ。

ニコル　ないですね。

養老　日本語は、漢字を取り入れた上に、音訓読みをしてしまったのでそういうことになったんです。たとえば、よく使う「重」という字を「重(おも)い」「重(かさ)ねる」「重大(じゅう)」「重複(ちょう)」「日野原重明(しげ)」と5通りにも読む。しかも、論理性なしですから、ニコルさんが覚えきれないのも当然です。

同音異義語もたくさんあって、日本人は、そのうちのどれなのかって漢字を頭に思い浮かべながら会話しなきゃいけない。だから教育が「読み書きそろばん」で、読みがトップに来るんです。読みがトップに来る言語というのはまずないと思う。

――ニコルさんは、日本語の中で特に音が好きな言葉ってありますか？

ニコル　「いただきます」とか「もったいない」とか「ごちそうさま」とか、そういう丁寧な、感謝を表す言葉が日本語は実にきれいですね。

逆に、僕だけじゃなく西洋人は大体全員カタカナ語は嫌いですね。スマホってどういう意味かわからない。カタカナを読んでどういう意味かわからないものがすごく多いです。

――ニコルさんは、いろいろなところに行くたびに、そこの言葉を勉強してこられたんですよね。

ニコル　若いときは一生懸命イヌクティトゥットというイヌイットの言葉を勉強していました。でも、北極から離れると、イヌクティトゥットを話す人

はいなくて、残念ですね。

エチオピアに行ったときも、言葉を覚えました。英語をちゃんと話すアシスタントが一人いたけれど、レンジャーたちは誰も英語をしゃべれないし、僕とアシスタントの両方がベースキャンプから離れるとよくないからいつも別行動。で、教科書も何もないから一生懸命ノートに書いて言葉を覚えたんです。

国立公園ができたときに、僕はエチオピアの国会で10分ぐらいの短い演説をした。覚えた言葉でね。そしたら、みんな大笑いしているんです。僕は、国立公園とはどういうものかとか、シミエンがどんなに素晴らしいかと真面目にしゃべっているのに、もう抱き合ったり、手をたたいたりして笑っている。それで僕はムッとしたけど、あとで、なぜ笑われたかわかった。僕は、シミエンで覚えた山の方言を使っていたんです。

エチオピアの言葉も、英語よりずっと古い。だから、山の方言と、首都のアジスアベバの言葉はすごく違う。でも、僕の方言はすごくウケて、あとでラジオ番組を持ってほしいと言われたぐらいです。その頃いろんなたいへんなことがあったけど、エチオピアの言葉が話せることが生きたと思いますね。

養老　僕はオーストラリアで『ビルマの竪琴』の映画を見たことがあるんです。大学の生協で夏休みにオーストラリア人たちと一緒にね。そうしたら英国人の将校がしゃべるところで全員が笑い出したんです。オーストラリアなまりだって。

ニコル　英語も、国によって全然発音が違うからね。スコットランド人の役をアメリカ人の発音でやったら、こっちをバカにしているんじゃないかというぐらいのうそになります。僕がすごいと思うのは、ブラッド・ピットです。彼はアメリカ人だけど、アイルランド人になっても、英国人になっても、ドイツ人になっても、彼のしゃべる言葉にうそはないですね。彼は天才的です。

――日本でも、もし東京が舞台のドラマで関西弁をしゃべっていたらおかしいと思いますもんね。

主語の有無は文化の違い

——日本語は気持ちを表すのに適していて、英語はものを表すのに適しているというお話がありましたが、その違いが自然観にも影響しているところってありますか？

養老　もちろん、ありますよ。解剖とか虫の分類のときには、日本語だと、やっぱり借りものの言葉を使わざるを得ないんですよ。

——英単語の翻訳を使うということですか？

養老　要するに、難しい漢字を多用せざるを得ないでしょう。解剖なんて、普通には使わない言葉をつくって使いますからね。英語もそういうところは学術語を使いますけど、やっぱり学術語はもともとラテン語で、フランス語もだいぶ入っているから、英語を話す人にとっては、親しみが相当強いと思うんです。

日本語は、ものを表すときに、ある種の縛りがかかっていないんだと思いますね。形式がないというか。だから本の批評をするときに、本当にクリティカルな、つまり中立的で客観的な批評ができなくて、情動的な感想文になっちゃう。小説、文学などの評論が典型ですけど。

僕が書いているものはかなり例外的じゃないかと思う。『バカの壁』みたいなものを書いているときでも、日本語的に書いていない。それは、解剖とか昆虫などでニュートラルに書くことを訓練されたからです。どちらも人間世界があまり関係ないので、それをどういうふうに人間世界と論理的に関係づけるかということですから、情緒的じゃない。

ニコル 英語では天気が悪くなりそうなとき、出かける人に、〝You'd better take an umbrella, it's raining〟と言いますけど、大体、日本語は逆ですね。「雨が降りそうだから、傘を持ったほうがいい」と言う。英語では、〝Because it's raining, you'd better take an umbrella.〟とは言わないです。それに日本語では、youが入ってないですね。

養老 僕は、英語に主語が入ったのは、近代化だと思うんです。ラテン語は動詞の人称変化がきちんとしているので、主語はいりません。だから、「我思う、故に我あり」の「我思う」は、〝Cogito（コギト）〟の一言。それが、フランス語になると、〝Je pense（ジュ・ポンス）〟で、主語の〝Je〟が入ってくる。だから、古代ローマまで、いや、ひょっとすると中世ぐらいまでは、西洋語でも主語がいらなかったんです。

カナダのモントリオール大学で日本語学科の教授をやっておられた金谷武洋さんが「いまは、主語がないと文章にならない言語は世界に7つぐらいしかない」と言ってました。欧米の言語は、ルネサンス以降に「個人」という概念が出来上がってくる過程で主語が強く入ってきた。同時に、英語では、動詞の人称変化が簡単になった。フランス語とかラテン系の言葉は、いまでも動詞の人称変化が全部ありますから、人称代名詞の主語がいらないはずなんですけど、たぶん、どうしても人称主語を入れたいんでしょうね。

主語のあるなしは、文化的に一番大きな違いじゃないかと思います。この間、テレビで見た場面ですけど、3、4歳のアメリカ人の子どもに、木でできた子ども用の車をあげて、そのとき、周りの大人が「この車の色を決めるのはあなただよ」って言うんです。つまり、主語の存在は、ある状況で何かを選択する主体がいるということを暗黙に言っているんですよ。

欧米人が「コーヒーにしますか？　紅茶にしますか？」と聞くのも、どちらが好きかということではなく、それを選ぶ主体、つまり、「あなた」がいまそこに存在しているっていうことを暗黙に指摘しているんだと思います。そういう主体を、ある意味で押しつけていく近代文化が、主語を必要とする言語をつくったんでしょう。

――言葉が違うと、考え方も変わりますよね。ニコルさんは、日本語で考えているときと英語で考えているときで、考え方が変わりますか？

ニコル　心の中は変わらないですけど、本当の気持ちを言おうとすると、英語のほうが大げさになると感じますね。これは年をとったから言えることですけど。

でも、僕はもう「日本のじいちゃん」ですから、言葉は関係ない。

養老　よく辛抱するしね。

自我の目覚めが遅い日本人

ニコル　私は、8歳の誕生日に、「なんで私は私なの？　どうして彼が私じゃないの？」とすごく悩んで、すごく一生懸命に考えました。大人に聞こうとすると、「バカだ」と言われて、大人に聞くこともそっとやめてしまいました。

養老　それが、いわゆる「自我の目覚め」です。その時期は、たぶん文化による違いがあって、日本人が「私が私」と感じるのは、成人に近くなってからだと思います。

僕は若いとき、自分が覚えている最初の記憶は何かと学生によく聞いたんです。その答えが面白かった。オーストラリアにいるときに、オーストラリアの人に聞いたら、「小さいときに自動販売機に初めてコインを入れた。そのとき、コインを入れながら、『このコインを入れてるのはほかの誰でもない、私だ』と思って、とても幸せな感じがした」とか、「お母さんのスカートにつかまって、天窓を見たら、光が差し込んでいた。それを見ているのがほかの誰でもない、私だと思った」とか、「ほかの誰でもない私」の思い出に、幸福感が伴ってるんです。

フロイトも、同じようなことを記録しています。欧米人の自我の目覚めは相当早くて、それがある種の幸福感を伴ってる。

ニコル　私の一番古い思い出は、1歳半です。花の中に座って、みんなが周りで写真を撮っていた。そのあとは2歳のときです。公園の中で走り回っていて、大人はみんな笑って、カメラを僕に向けてる。それで、その写真が新聞に出ました。〝Keep off the grass.〟（芝生に入ってはいけません）という見出しがついて（笑）。

3、4歳のときは、戦争で、塹壕の中に母と大人と一緒に入って避難した記憶があります。ろうそくを立てていたこととか、みんなが僕をすごくかわいがってくれたこと、大砲の音、ドイツ軍の飛行機のエンジンの音、爆弾が落ちて地面が揺れたこと、すごくよく覚えてます。

――養老先生が日本人に聞いた答えはどうだったんですか?

養老　「考えたこともない」っていう学生が必ずいましたね。「あらためて考えないとわかんない」とか。あとは、普通に「お母さんにおんぶされてお祭りに行った」とかそういうのが多かったですね。欧米風の自我の芽生えみたいなのは一度も聞いたことない。

――なるほど。先生ご自身の一番古い記憶って何ですか。

養老　4歳でおやじが死んだときの記憶ですよ。それがあまり強烈だったから、ほかの記憶が消えちゃったんだと思う。亡くなる前の日とその日、それからその後がものすごくよく記憶に残ってて、そのためにそれ以前の記憶がないんですよ。

――先生ご自身の自我の目覚めはいつぐらいですか。

養老　いや、全然ないです。自分とか、そういうことを考えたことがなかった。

日本語と身体感覚

ニコル　さっき教えてもらった「チョッキリゾウムシ」という名前は、「チョッキリ」という言葉がすごくいいですね。英語には、こういう「音」が入った名前はなかなかないです。

養老　日本語は、擬音語、擬態語が例外的に多いと思います。

――それはやっぱり日本人が自然に接しながら言葉をつくってきたからでしょうか？

養老　日本人は、感覚的なんですね。

ニコル　僕は最初、俳優の渡辺文雄さんのオフィスに入ったんですね。もう亡くなりましたけど。渡辺さんからすごく言葉を覚えましたね。たとえば、木がなぜそんな名前になったのか。松は祭りに使うからとか、カエデは手みたいな格好をしているからとか、杉はまっすぐだからとか……。ほんとうかどうかわからないけど信じているんです。

養老　擬音語がなんでこんなに残っているかというと、やはり日本語が感覚に基礎を置いているからだと思うんです。ほんとうは、言葉って感覚から離れていくんですよ。それはなぜかと言うと、言葉は、目と耳を共通にしなきゃいけないからなんです。言葉っていうのは、目で文字を読んでも、耳で音を聞いても、同じ言葉として通じますね。つまり、目と耳を同じに使う必要があるんですが、これはすごく変なことですから、約束事が必要です。だから、後天的に教えるしかない。

猫を「ニャーニャー」、犬を「ワンワン」というのは幼児語なんです。文化が進むと、そういう幼児語的なものは音声から消えて、記号になっていく。漢字も、もともとは象形文字で、「象」という字は最初は本当にゾウのマンガだったんだけど、やっぱり、ゾウとは似ても似つかない形になるんですよ。つまり、文字を目で見たときにゾウが見えてしまうと、耳は理解できないんですよね。「これはゾウの形をしている」ということは耳ではわかりませんから。だから文字はゾウの形から離れないといけないっていうルールがあるんです。ということは、ゾウの形のままの文字は原始的だということになる。日本語の音声は、そういう意味で原始的といわれる段階で止まっているんでしょう、きっと。だから擬音語が多いんですね。

さっきも言ったように、感覚って基本的には違いを捉えるものですから、感覚にとってはすべてのものが違うんですよ。このすべての違うものが、西洋風の階層構造では一番下にくるんです。大きいリンゴ、小さいリンゴ、青いリンゴ、赤いリンゴの4つが一番下にあるとすると、その上の階層では、リンゴとして一つにする。同じように、西洋ナシと日本のナシを、ナシとして一つにする。その上の階層では、ナシとリンゴを一緒にして果物とする。こうやって、どんどん同じにしていくと一番上にくるのは、唯一絶対の神様。これは下の階層の違うものを全部含むんです。

日本は逆で、八百万(やおよろず)の神だから、一番下の階層が神様です。世界のあり方が、ちょうどひっくり返った関係になっている。だから、擬音語がずいぶん残っているのも、一つは感覚と密接に結びついているからじゃないかという気がします。

片言の中国語

養老　もう一つ、言葉で一番気がつかれていないと思うことがあって。それは、中国語が片言だということです。中国語は、動詞の人称変化もないし、助詞もなくて、単語を並べてあるだけです。「私、行く、学校」みたいな文章なんです。

だから、中国では訓詁（くんこ）学が発達して、論語の孔子の言葉の意味を、懇切丁寧に説明したんです。解釈のしようはいくらでもあるから、後世になるほど、どんどん重なってくる。それを全部知っている人が、正しく中国語を使える人だったんです。科挙も、そういう教養があるかどうかの試験だったんですね。

ところが、毛沢東が文化大革命でその教養を全部消してしまったから、いまや中国語は、かなり片言に戻ったのではないかと思います。それで、ずいぶん乱暴な世界になっているんじゃないか。

――ということは、日本人は、漢文の脇に助詞とか送り仮名をつけて読みますけど、あれは、教養が加わった形で読んでいるんですね。日本人はすごいですね。何でも日本のものにする力がある。ニコルさんを悩ませる訓読みも発明したし……。

養老　韓国は漢字をやめて全部ハングルにしましたけど、もともと訓読みはなくて、漢字で書かれるものは常に外来語だったんです。しかも教養のある人はみんな中国語そのものを書いた。日本人が奈良時代まで漢文で書いていたのと同じです。それで、中国語は外国語だというので漢字を使わないことにした。でも、中国語の発音は使うんです。人の名前を見ればわかるでしょう?

――そうですね。「金」という漢字は使わないけれど、「キム」さんです。

養老　ベトナムもそうです。ホーチミンは「胡志明」、ハノイは「河内」というふうに、以前は全部漢字で書いていた。ベトナムも、一度、訓読みみたいなものをつくったことがあるけれど、フランスの統治下でアルファベットに変えてしまったんです。中国に地続きの国は絶対漢字を使わないんです。日本は、中国との間に海があって、飲み込まれる心配がなかったから、漢字を採り入れられたんでしょう。

ニコル　僕は、日本と中国大陸がもっと離れていたらよかったと思いますね。そうしたら、面倒くさい漢字が入ってこなかったのに。

「暗いところ」がなくなった

――日本の若い人や子どもたちはいますごく語彙が減っているようで、心配なんですが、どうしたらいいと思われますか？

ニコル　私は、これからの子どもは、自然の中に入って日本語を覚えていかないとダメだと強く思いますね。いまの子どもたちは、ゲームのキャラクターとかマンガの登場人物の名前はたくさん知っているけど、鳥の名前とか木の名前を知らない。ということは日本語を知らないということだと思うんですね。

養老　とにかく自然ってヒダがものすごく多くて複雑怪奇なんです。それを人工物にすると、全部一色（ひといろ）にしてしまう。暗いところをなくして全部明るくしてしまう。だから、お化けのいるところがなくなっちゃった。やっぱり子どもを育てるんだったら、暗い影のある納屋とか、倉庫とか、土蔵がないとほんとうはいけないんですよね。

――暗いところの効果って、どういうことなんですか？

養老　要するに何かの留保があるっていうことですよ。すべてが明るくて解明できると、「いやな人たち」ができちゃうんです。東大医学部の学生が「先生、説明してください」とよく言うけれど、それは説明されればわかると思っているからです。それが気に入らないから、学生が男の子だったら、「説明したら陣痛がわかるのか」って言う。

――経験しないことはわからない。

養老　わからないことがあるということを、必ず留保としておいていないと謙虚にならないんです。学問をするためには自分がものを知らないって前提がある。いまは本当の意味で学問をする人はいないと思いますね。「ネットで調べればわかる」「俺はバカじゃない」というのが裏にあって、説明されればわかると言うんです。

自然に接したらそれは消えます。たとえば、これから雨が降るのかどうかは、山の中では命にかかわるかもしれない。でも、わからない。そのとき、説明されればわかると思っている人の答えは「危ないところに行かなければいい」でしょう？　そうすると、世界はどんどん狭くなる。それで今度は退屈だと言って、極端な場合は自殺する。自分の命を自分のものと勝手に思ってるんです。自分でつくったわけでもないのに。

——自分という自然がわかっていないんですね。最近の若い人は病院に行っても自分の状態をうまく説明できないという話も聞きます。自分という自然を表現する術を知らないのかなと思います。

養老　それは国語教育のせいもあるかもしれない。前に、国語学会でちょっと聞いたけど、昭和30年代に叙景文を教えるのを一度やめたそうです。おそらく昔からの叙景文が紋切り型だったので進歩的な先生が嫌ったんでしょうね。それで、紋切り型の叙景文を書くぐらいなら、いわゆる感想文で自分の思うことを書くほうがいいと思ったんでしょう。でも、そういう方向に行ったために、人間が入っていない世界の叙述がすごく下手になったんです。うまいのは井伏鱒二で、ちゃぶ台の上でスズメが2羽遊んでいる光景を、目の前でスズメが生きて動いていると思わせるぐらい見事に書いた。もう、そういう芸がないでしょう?

——さっきもお話がありましたけど、日本語は、人にわかるように客観的に記述する訓練をしないと、自分の気持ちのほうにどんどん寄っていってしまうんですね。それが、特に理系の学生さんには弊害になっているように感じます。

言葉がなくなると存在もなくなる

ニコル 何年か前に、ケント・デリカットさんと話したとき、彼は「英語には海藻の名前がない。全部〝seaweed〟だ」って言った。でも、彼が知らないだけで、ノリは〝laver〟、ワカメは〝sea lettuce〟、コンブは〝kelp〟とか、全部名前があります。彼は海のないユタ州の出身で、海藻の名前は使い道がないから、知らなかったんですね。たぶん、魚も全部fish（笑）。

――周りの自然にバリエーションがあれば、それを表す言葉もいっぱい知っていますよね。

ニコル 日本の子どもは自然があるのに遊ばないから、自然を表す言葉がなくなっているけど、そうすると存在までなくなっているんですよ。

――言葉がなくなると存在がなくなる？

ニコル 言葉には魔力がありますから。

自然を表す言葉がなくなっているのは、イヌイットも同じです。北極にはいろいろな虫がいて、ちゃんとイヌイット語の名前があります。たとえば、チョウチョは「ターカリキタ」。「速く動く影」という意味で、僕は、世界の言葉の中でも、チョウチョに一番ふさわしい名前だと思ってる。だけど、若い人はどんな虫も全部「虫」と言うんです。

——イヌイットの人たちでもそうなんですね。

養老　最近、消えてしまったなと思うのは、シバ（柴）とかソダ（粗朶）という言葉です。シバ刈りっていったら、ゴルフ場の芝生を刈ることだと思ってる。ソダは、団塊世代の女房にも通じなかった。山から採ってきた木を燃やすことがなくなって、日常生活から消えてしまいましたからね。

ニコル　アファンの森の森番の松木さんは、子どもたちに、「この葉っぱは食べられる」とか、「この木は薪にする」とか、説明してくれます。すると、その植物や木の名前をすぐに覚えますね。先生が「この木はブナという名前です」と言っただけではダメ。

——生活と結びついていることが大事なんですね。そういう点では、自然だけじゃなく、道具を表す言葉もわからなくなっていますね。

養老　ゾウムシの中に「オサゾウムシ」というのがいるんだけど、機織り機のオサ（筬）が何かを知らない人が増えた。だから、いちいち注釈を入れるようになっちゃったんです。

――その代わりまた新しいものもすごくたくさん出てきていて、それをまた若い人は覚えないといけないし。

養老　それはもうしょうがないんだよね。

第七章

これからの日本のこと

子どもも、大人も外で遊べ

――ここからは、私たち日本人がこの先どうしたらいいかについて、お二人から「これだけは言っておきたい」ということをうかがえればと思います。

ニコル 私は「自然から離れないでください」と言いたいです。特に、子どもたちはとにかく自然の中で学んだり、遊ばせたりしてください。じゃないと、脳がおかしくなる。もうなっている人も多い。

養老 「自然に触れてほしい」というのは僕も言いたい。免疫系をちゃんとコントロールできるようにするためにも、それが必要ですね。いま、若い人の1割がうつ病だと言われますけど、それも人工物にばっかり囲まれているせいでしょうし。

ニコル 子どもの骨が弱くなって、折れやすくなっているのも問題です。

おととし、英国のナショナルトラストの人が僕に話を聞きに来ました。日本で、子どもたちが外で遊んでいるかとか、木に登ってるかとか、質問した。

ナショナルトラストは国立公園より土地が広いですけど、向こうでは、何十年もの間、子どもが木に登っていいかどうかって議論があったそうです。毎年、何人かケガをしたから。でも、2年くらい前からそれを議論しなくなった。なぜなら、誰も登ろうとしなくなったから。その代わりに、自分のベッドから落ちて大ケガする子が3倍に増えたそうです。

――外で身体を使って遊ばないから、身体感覚が鈍ってるんですね。

ニコル　日比谷公園で、ジョン・ギャスライトって僕の友達が、子どもたちに木登りを教えたら、子どもたちがみんな喜んでました。

養老　いまや木登りは教えるものになっちゃったんです。僕は、庭の松の木のてっぺんまで登って、しょっちゅう揺すってましたね。松はいいんですよ、意外に。柿はいかんです。

――折れるんですか？

養老　そうです。

ニコル　それは知らなかった。

養老　あ、そう？　松は折れないから安心だし、ザラザラで登りやすいんです。桐はツルツルで、足がかりも手がかりもなくてどうにもならない。

ニコル　僕が主に登ったのは樫の木です。やっぱりゴツゴツしている。

養老　日本にも樫の木はあるけれども、葉っぱが茂るから登っても見通しが悪くて面白くないんです。松の木は葉っぱが少ないから、周りがよく見えるんです。

ニコル　我々は木に登ってかくれんぼしてたから。

養老　僕らは景色が見たかったからね。

ニコル　私は、薪割りも教えてやりたいですよ。

養老　僕は自習してましたね。

――自習ですか？

養老　僕らの頃は、風呂を沸かすにしても、ごはんを炊くにしても、かまどでしょう？　薪がないとどうしようもなかったから、自分で割ってました。いまでも割れると思いますよ。

――そういう身体の使い方を覚える機会って、最近、どんどんなくなってきている気がします。

養老 そういうことを覚えるには、生活上の必然性がないといけないと思うんです。無理やり教えても、どこかうそが入っちゃって面白くない。だから、田舎暮らしをするときも、できるだけ不自由にして、なんとか自分たちでやっていくようにしないと。そうすれば、比較的素直に身体を使うことを覚えられる。

ニコル でも、いまは田舎も便利です。立派なパチンコ屋とかも多いし。

養老 だから、非常に難しいんです。テレビやネットもあるし、田舎の人のほうが頭の中が都会化しちゃってる。車を使うから、身体を動かさない。それで「東京に来ると地下鉄の階段がたいへんだ」なんて言うんです。親が送り迎えするから、子どもも肥満になっています。

――実は、田舎の人のほうが自然の中で遊ばない。

養老 自然があるのが当たり前だと思っちゃってるんでしょう。

――逆に都会の人のほうが、休みの日に一生懸命自然の中に行ったりしますね。

養老　だから、「参勤交代」って言うんです。都会の生活と田舎の生活をときどき取り換えたらいいと思ってる。

ニコル　そうそう。

養老　身体を動かすという意味では、チョウを採る人はすごいですよ。山の中を瞬間移動しますから。あっという間にいなくなる。

――チョウを採る方は、網を持っているんですよね。移動は結構たいへんそうですけど。

養老　あれは武道と通じるところがありますね。網の振り方も、竹刀とか剣の振り方に似てるんです。極意があって。

――ノロノロやってたら採れないですよね。

養老　それで、地面の丸木の上にチョウが止まってるとき、どうやって採るか、知ってますか？

ニコル　いや。

養老　上からかぶせたら横から逃げちゃうでしょう？　だから、手前で網を軽く一回当てるんです。すると、チョウが飛び上がるから、そこで採る。考えてないようで、訓練していますよ。

――でも、いまの子どもたちは虫採りもあまりしない。

ニコル　アリを戦わせることもしない（笑）。いまの子どもたちは、ゲームばっかりやってるけど、ゲームは人間がストーリーを考えていますよね。いくつかのパターンの中から選んでいくだけ。だけど、自然の中では何が起こるかわからない。想像がつかないことがいっぱいある。自然はワンダーランドなんです。だから、自然の中で遊んだり、学んだりしてほしい。

――いまの子どもは、規則を破ることもしませんね。

ニコル　僕は「泳いじゃいけません」と言われたら泳ぐ。一人でも泳いでた。でも、いまの子は友達が一緒じゃないとね。一人ではしない。

養老　おとなしい子に育ってますよ、みんな。

若い人に責任を持たせよ

ニコル　僕、京大でしばらく教えてたんだけど、やめたんですよ。やめた理由は、まったく反応がなかったから。ケンカを吹っかけても反応ないのかなと思うくらいおとなしい。で、怒りが湧いてきて、学生が大嫌いになりました。僕は動物にはすごく忍耐があるけど、人間にはないんです。

――いまの学生はすごく優秀だけどおとなしいですよね。

ニコル　何が優秀ですか？　この体重100キロ、空手7段の先生を怒らせるってことは優秀じゃない、賢くない。でも、「意見ありますか？」って聞くと、「んー」ってなるんですよ。

――意見を言わないですよね。確かに。

ニコル　日本の教育を根本から変えなければダメだね。

養老　僕は、若い人を元気にするのに一番いいのは、年寄りが早く死ぬことだと思ってます。年寄りがいなくなりゃ若い人が動かざるを得ない。若い人って責任持たせた瞬間に急激に伸びますからね。

それは、医者の世界を考えたらよくわかる。医者って、患者さんを丸ごと抱えなくちゃいけないから、自分が手を抜いたり、うっかりしたら患者さんが死んじゃうんです。それを上の人が責任持っちゃったら、若い人が本気でやらない。

僕の同級生の女性が東大病院で講師をしていて、患者さんが危なくなったときに、必死で処置をしてた。そしたら、自分の下の若い医者が「先生、僕もうダメ」って言い出したそうです。結局、僕の同級生が上にいるから、責任を持ってないんですね。いなければ、共倒れするか、相手を殺すかしかしょうがない。そういうところに若い人を追い込めば、新しいところが開けるんですよ。

――そうですね。私もつい、若い人の面倒を見ちゃいますけど、それはしないほうがいい。

養老　最初から面倒を見ないのが正解なのかもしれないんです。実は、昔の東大の教え方がそうでした。うちの母が先生と会って「いつもいろいろ教えていただいて」なんて挨拶すると、「私は何も教えた覚えはありません」って言われてましたから。論文を書こうが、何をしようが、「それはおまえがやったんだよ」ってことを、徹底的に教え込んでたんですね。

ただ、いまの若い研究者が気の毒なのは、5年なら5年って任期を切られていることですね。その中でやらないといけないっていう変なプレッシャーがかかってる。昔はそういうのがありませんでしたけど。僕は、そういう状況でやった仕事って、ほんとうじゃないと思ってます。人間って状況の産物で、そういう状況でやった仕事って、やっぱりそういう仕事なんですよ。

――そうですね、ある意味やっつけ感のある……。

養老　本人がほんとうに「こういうことが知りたい」と言ってやっている仕事じゃないですからね。ニコルさんの馬搬みたいに、こういうものがほんとうに必要だと思ってやっているわけじゃないからどうしてもうそが入っちゃうんですよ。本人は意識していなくても。

日本人に覚悟はあるか

養老　ニコルさんもそうだけど、僕は武道をやっている人と比較的仲がいいんです。武道をやるといっても、プロとして競技をやっている人じゃない人です。そういう人は、自分で考えている人が多いんです。

古武術家の甲野善紀さんは、もともと東京農大に行かれていて、日本人の食環境のことを考えているうちに、自分の身体がテーマになった。フランス思想が専門の内田樹（たつる）さんは、大学で教えると同時に合気道をやっていていた。定年になってから凱風館（がいふうかん）という道場をつくって、子どもを集めて正座から教えていますよ。

ニコル　私の日本で一番古い友人が、池田宗弘さんです。剣術9段で、彫刻画家です。彼は典型的な日本の男で、奥さんが何でもしていた。でも、奥さんが亡くなって、彼は自分の食卓に気をつけるようになった。毎日何を食べてるかスケッチして、チェックしてる。だから、すごく元気です。

僕はケルト系神道のクリスチャンですけど、池田さんは、僕に会うまでは、クリスチャンにはまったく興味なかったんじゃないかな。30年前に、彼はサンティアゴ・デ・コンポステーラの巡礼の道を歩いて、スケッチをたくさん描いて、カトリック教会に渡した。それが素晴らしかったから、彼はスペインの国の宿はどこでもフリーパスです。

——武道をやる方は、いろんな才能をお持ちなんですね。

ニコル　私もいろいろやってるけど、私の人生は、武道で決まったんですね。もう膝が痛くて正座もできなくて情けないけど、いざとなって命をかける必要があったら、1秒も考えないで、命をかけます。負けるか勝つか関係なく。だからどんな国に行っても、すぐ友達ができる。

養老　「いざっていうとき命をかける」ってことが、戦後の日本の教育で一番抜けたんじゃないかと思いますね。集団的自衛権の自民党と公明党の議論でも、どういうときに行使するのかを決めるのにグズグズしてた。

——日本人として、命をかけて戦うかどうかっていうことが決められないんですね。

養老　そうそう。現場では何が起こるかわからないのに。それで、昔の人は一言で「覚悟」って言ったんですよ。それがもう死語になった。

ニコル　ごめんなさい、ちょっと自慢しますね。私は27歳のときに、ハイレ・セラシエ皇帝に選ばれて、エチオピアで国立公園をつくる任務につきました。そのとき私はカナダと英国のパスポートを持っていたから、アジスアベバに着いたときに、両方の大使に会いに行きました。そしたら、「あの山に行ったら、絶対死ぬ、殺される。だから、我々は責任を持たない」と言われたんです。

だから僕は、覚悟をした。それで、自分に約束したんです。「私はピストルやライフルを持つけれど、それを人に向けるなら、撃ち殺すつもりでやります」と。一度、部下が山賊に襲われたとき、部下を守るために本気で撃とうと思った。でも、山賊が引き金に手をかけなかったから、やらなかった。結局一回も人は撃たなかったですね。

国立公園ができてすぐ、革命が起こることがわかって、僕は日本に帰ってきました。30歳のときです。小さい子どもが3人いたし、臆病とは思わなかったけど、ずっと胸の中で重い、暗いものがあったんです。

――それはつらかったですね。

ニコル でも、今年エチオピアに行ったら、ものすごく歓迎されたんですね。シミエン国立公園の入り口の街は、僕が前にいたときは電気も、トイレも、窓ガラスもなかったけど、いまは病院もホテルもある。その街で歓迎会があって、いろんな人がスピーチした。「国立公園ができたのはよかった」とか、「ニコルさんが帰ってきてよかった」とか偉い人が話したあと、80を過ぎた山の男が立ち上がったんですね。彼は、僕のレンジャーだったんです。

彼が、「47年前に、君たちはシミエンには行けなかっただろう。警察も行けなかっただろう。山賊にいじめられて、我々は本当にたいへんだった。でも、若い外国人が、20丁の鉄砲と、弾を持ってきて、我々の先頭に立って山賊の一番多いところに行った。国立公園を、彼がつくったことを忘れちゃ駄目だ」と言ってくれたんですね。その言葉と、山に行って歓迎されたことで、もう暗いものは全部飛んでいきました。

「一番怖いところに行く」って武道ですよね、養老さん。怖くなかったかといったら、とんでもない、怖かった。でも人に、「あいつは臆病だ」とか、「できなかったな、ざまあみろ」って言われるほうが僕は怖いですね。僕は強かったと言いたいわけじゃない。養老さんの言う覚悟、僕の言葉では〝dignity〟、威厳があったと言いたいんです。

養老　立派ですね。

ニコル　私のじいさんがいつも言ってました。どんな強いヘラクレスでも年を取るとか、家族を持つとかすると、弱くなる。そのときも、威厳を持ちなさいと。

だから、僕は日本に来てほんとうによかったんですね。ボクサーとかレスラーには、そういう哲学はあまりないですね。You were champion, then you retired, you finished.（チャンピオンになっても、やめればそれで終わり）。

言い訳の多い日本人

ニコル　あと、僕は、言い訳をしたくない。僕が日本に初めて来た52年前に比べて、いまの日本はとにかく言い訳が多い国になりました。

――養老先生、なんでこんなに言い訳だらけの世の中になっちゃったんでしょう?

養老　これも、戦後の教育でなくなったことの一つですね。小さいときは、「男は言い訳しない」っていうふうに言われたんだけど。口数が多くなったせいかもしれない。

ニコル　うん。あと、私が日本に文句があるのは、役人も、学校の校長先生も、銀行の支店長もみんな2年か3年で異動するでしょう?　それで、誰も責任持たないようにさせてるんじゃないですか。

――担当者が変われば責任がうやむやになってしまいますからね。

ニコル　アファンの森は、ウェールズの森林公園と姉妹森になりましたが、そのウェールズの公園長は36年間勤めました。彼が異動したかったらもっと上の役職に就けたかもしれないけど、異動を希望しないで引退するまでずっと同じ場所にいました。

でも、日本ではみんなすぐ異動する。だから、日本では組織の人間と約束すると、その約束は約束じゃないんです。僕は約束したと思っているけど、その人が異動すると約束は続かない。それで、僕はすごくがっかりするんです。

養老　日本の社会は短期的で、長期にわたる答えが必要なことは考えないか、しないんですよ。長期の見通しをなくしたのも戦後でしょう。戦前は家制度があったから。

ニコル　僕は、「やりましょう」って言うことは、「やります」ということに感じるんですよ。あなたが「そうしましょう、やりましょう」と言ったら、あなたも「納得してる」っていうことですね。だから、「よし、やりましょう」って言ったら、それは僕にとっては約束なんです。でも、そうじゃない。

養老　ほんとうは「できない」って思っていても、そういういやなことは言わないでおこうっていう国なんですよ。僕は、戦争のときをよく知ってますからね。「この戦争は負ける」って誰も言わなかった。でも、おそらく国民の半分ぐらいは負けると思ってたんだと思います。うちのおふくろが、おやじもそう言ってたって言ってましたから。しかも、おやじは昭和17年に死んでますから、戦争が始まって1年でそう思ってたんです。

ニコル　こういう冗談がありますね。バスに乗っていたら、前の人の耳にバナナが入ってた。気になって肩をたたいたら、その人が振り返ったので、「あなたの耳にはバナナが入ってます」と言うと、その人が「え?」と言う。もう一度、「耳にバナナが入ってます」と言っても、「え?」。何度言っても、耳にバナナが入ってるから聞こえない。日本人はその状態じゃないの?

――都合の悪いことは、見ない、聞かない、言わない。

養老　そして、考えない。

――「見ざる、聞かざる、言わざる」に「考えざる」も加わっちゃってるんですね。

もう一つ先を考える

養老　だから、僕から皆さんに言いたいのは、「もう一つ先を考えてください」ということです。だって、みんないつも「ここ」で止まるでしょう？

――「ここ」というのはどこですか？

養老　たとえば、原発だったら、賛成とか反対とかで止まっているでしょう？　その先を考えてほしいんですよ。原発に限らず、どんなことでもそうですけど、一歩先を考えるって結構たいへんなんですよね。日本人は、必ずどこかで思考停止するのを美徳にしているようなところがある。「そういうことは考えちゃいけない」みたいなのがあるような気がします。

ニコル　私が最初、日本に来たのは東京オリンピックの頃でしたけど、その頃、日本に原発はなかったんですよ。だから、原発がないとやっていけないのがなぜなのか、僕にはわからない。まず、エネルギーの無駄をやめたらいいんじゃないかと思うんですが。

養老　いま、日本人は、自分が生き物としてつくっているエネルギーの40倍のエネルギーを使っています。東京オリンピックの頃は10倍ぐらいだったんですよ。

――いくら無駄を減らしても、いまから急に東京オリンピック当時まで削減するっていうのは、すごく難しいですよね。

養老　エネルギーは社会のシステム全体を下支えしているから、短期的にはいかないいんです。大事なことは、「みんながそれをわかっている」っていうことなんです。だから、「一歩先を考えてください」と言ってるんです。

経済成長っていうのは、基本的にエネルギーの消費を増やすことなんです。特に、日本はオイルショック以降、省エネに努めたから、ものをつくるのにエネルギーの無駄をしない。そういうぎりぎりのところでやると、「経済成長＝（イコール）エネルギー消費の成長」になっちゃうんです。だから、テレビや新聞で「GDPが何パーセント成長した」と言うときには、すぐ横に、石油の輸入がどれだけ増えたかを書くべきなんですよ。

そうしたら、経済が成長しても、手放しで喜べないでしょう？　石油の輸入が増えるということは、石油の輸入が切れた場合にはたいへんなことになるということなんですから。

この前の戦争も、日本はＡＢＣＤ包囲網で石油の禁輸を受けたから、軍艦も飛行機も動かせなくて困った軍部が起こした。そういう説明をする人はいないけど、僕はそういうことだと思っています。当時は一般人の生活は石油がなくてもやっていけましたけど、いまは、普通の人の生活も、石油がなければ成り立たない。日本中、干上がっちゃいます。だから、タンカーの通路にある尖閣諸島が大問題になるんだし、ホルムズ海峡で何か起こったら困る。そういう事情が原発の背景にはあるから、いまのエネルギー状態をそのままにしておくなら、原発を動かすしかないだろうという話になる。

――原発には、エネルギーの安全保障という側面もあるということですね。

養老　エネルギーを海外に依存していることは、やっぱり日本の首根っこなんですよ。もちろん、水力とか太陽光とかで、ローカルにはエネルギーを自給できるところもあるかもしれない。でも、できないところもあるから、地域ごとに考えなくちゃいけない。東京なんか、なんにもないから無理ですよ。

——消費量もすごいですし。

養老　そうそう。だから、「東京湾岸に原発をつくれ」って石原慎太郎さんが言ってたけど、僕はそれでいいと思う。長い送電線で電気を運べば、ロスも多くなるし。「地震があると危険だ」と言うけれど、そういう問題を解決するのが技術でしょう？　たとえば、建屋の下にエアークッションを入れるとか、新しいことを考えたらいい。でも、そうするとコストがかかるとかなんとか言う。本気でやるつもりがないように見えるんです。

——なるほど。原発に賛成とか反対とか言うなら、日本のエネルギー事情の問題点をわかった上で判断しなくちゃいけないし、原発をつくるとしたら、もっと大きな発想が必要だということですね。

養老　そういうことです。だって、日本人って、冷たくないですから。

ニコル　冷たくない？

養老　考え方が、冷静でないっていうか、客観的でない。感情で動いてるんですよ。

――さっきの「言葉と自分の関係が近い」というお話に通じますね。

養老　だから、「もう一つ先を考えてください」って言うんです。

人間は状況の産物である

養老　もう一つ、僕が言っておきたいのは、「人間は状況の産物だ」ということです。英雄だって、その人が英雄になれるような状況があったから英雄になれたので、状況が合わなければ、英雄にはなれない。それを中国人は「英雄、時を得ず」って言ったんです。三国志に出てくる曹操も「治世の能臣」「乱世の奸雄」と言われた。

性善説とか性悪説とか言われるけど、それもやっぱり「状況」によるんです。ある状況に置くと、人間はとんでもないことをする。たとえば、田舎で

凶悪事件があったとき、「まさかあの人が犯人だなんて」ってよく言うでしょう？　普段はおとなしくて、真面目でとか。そのときに反省しなきゃいけないのは誰だかわかりますか？

ニコル　うーん。

養老　「そう言っている人」なんですよ。

――「まさかあの人が」ってことは、その人をちゃんと見ていなかったからということですか？

養老　それもあるけど、犯人が自分である可能性も十分にあるからです。

――ああ、なるほど。

養老　いまの人は絶対それを考えないんです。あの人はどこか変わっていたんだろうって結論にする。でも、「自分が危険だ」とは思っていないんですよ。それが放射能に対する過剰な恐怖になると僕は思ってるんです。

つまり、僕が放射能をあまり怖がっていないのは、「怖いのは俺のほうだよ。状況によっては、何するかわかったもんじゃない」と思っているからです。

放射能を怖がって逃げているお母さんは、きっと「自分は怖くない」と思っているんですよ。でも、そういうお母さんたちをギリギリの極限状態に追い込んでいくと、ほんとうに何をするかわかりませんよ。韓国でフェリーが沈没したとき、船長が真っ先に逃げたじゃないですか。

――たしかに。あれは顕著な例ですよね。

養老　船長に対して、みんな怒っているけど、僕なんかは「自分だったら逃げるかもしれないな」と思ってます。逆に、そう思っているから、大勢の命を預かる船長なんてやらないんです。
いまの人の常識に一番欠けているのは、「危ないのは自分だ」ってことです。だから安全に対してこんなにうるさいんですよ。でも、「安全第一」って言っている人は、「自分は安全だ」って信じ込んでいるわけで、それが一番危ないんです。
「そんなことを私がするはずがないだろう」って、そういう状況にないのに決めているわけですからね。でも、そういう人だって、1週間くらい食べ物がない状況に置かれれば、人間ぐらい平気で食べるだろうって、思うんです。そんなの簡単に想像できるでしょう?

——なるほど。

養老　でも、こういうことを言うと、人気がないんです(笑)。

——いやいや、すごく言っていただきたいです。

日本人よ、自分を取り戻せ

――最後に、お二人から読者の方へのメッセージをお願いします。

ニコル　僕からは、「日本の森と川と海岸を美しく豊かにする方法いくらでもあるから、それをやってみませんか？」ということです。

私は、50年前の日本の自然を見て、素晴らしいと思ったから日本に住み着いた。もし、いま日本に来たら、日本人にはならなかったでしょう。日本はずいぶん変わってしまった。日本人は迷子の「ジャパン人」になって、何をしたらいいかわからなくなっています。だから僕は、自然も、子どもたちも50年前の姿に戻したい。

馬を飼うのも、学校をつくるのも、そのためです。僕は、「教え子」という言葉はあまり好きじゃないけど、若い人たちががんばっている。協力してくれる人もたくさんいる。その人たちと一緒に、正しいと決めたことをやるしかないと思っています。

養老　余計なことだけど、僕は「天下無敵」って言葉の意味を、内田さんに習ったんです。あれは、「自分が一番強いから、もう敵がいない」っていう意味だと思うでしょう？　でも、内田さんが言うには、「天下無敵っていうのは、天下に敵がないっていうこと」なんだそうです。つまり、全員を味方にしちゃう。それが武道の理想なんです。

ニコルさんは、役人とか、いろんな人と戦ってきたけど、みんなを味方にしてがんばってほしい。だって、日本の森と川と海は本当にひどい状態ですから。

――養老先生ご自身はいかがですか？

養老　僕はもう、いろいろ言ってきたから。「年寄りは早く引っ込め」とか。ただ、「同じ自分にこだわらないでほしい」というのはありますね。世界が同じでも、自分が変われば、違って見えるんですよ。

あと、ニコルさんが「ジャパン人」と言いますけど、たしかに、日本人は足が地に着いてない感じがする。だから、繰り返しになりますけど、もう一歩先を考えてほしいですね。

——お二人のお話をうかがって、私たち自身も含めた自然を見直すことで、これからの日本を変えていけそうな気がしてきました。長時間の対談をどうもありがとうございました。

対談を終えて

対談を終えて　養老孟司

ニコルさんと対談しないか。そう言われて、二つ返事で引き受けた。これまでに何度かお会いしているけど、好きな人ですからね。

自称ウェールズ系日本人。体格が良くて、酒飲みで、率直で、勇敢で男らしい。いうなれば昔風。私は年寄りだから、本当は昔風の男が好きなのである。

まだある。ニコルさんは、言わずと知れた森好き、生き物好き。これ以上、なにか言うことがあるか。

こういう人はなんでも自分でやる。自分でやると、ひとりでにその人ができてくる。生涯お勤めが悪いとは言わないけれど、それをやっていると、自分がなくなる。組織に合わせなきゃならない場合が多いからである。そのうちに、自分がなんだったのか、それがわからなくなるのではないか。自分はいったい何が好きだったんだろうか。何をしたかったんだろうか。歳をとってそう思うとしたら、悲しいと思いませんか。

好きな人や親しい知り合いを考えてみると、世の中から少し外れた人が多い。世間をべつに否定しているわけではない。でも世の常識とは少し違う判断をする。妙高黒姫になんで森をつくらなけりゃならんのか。普通はそう思うはずだが、ニコルさんはそれを特に疑いもなく、でも真剣にやってしまう。これって、すごいと思いませんか。

どうしたらこういう人ができるんだろう。こういう人が増えたら、世の中がよくなる。そんな気がする。だから私はそこに興味があった。この対談の中で、これまでのニコルさんの人生に触れている部分も多い。読者がそこからいろいろなことを読み取ってくれたら嬉しい。とくに現代の若い人が、である。そう願う。だってニコルさんはずいぶん乱暴な生き方をしてますからね。エチオピアの話なんか、すごいよ。

私の好きな小説に『シャンタラム』（新潮文庫）というのがある。著者はオーストラリア人で、銀行強盗をして、捕まって、脱獄して、国際指名手配になって、インドはムンバイに逃げる。とてつもなく面白い物語である。健全な市民であるニコルさんと一緒にしてはいけないが、なんとなく思い出してしまう。生きるとは、いったいどういうことなのだろう。そんなことを思う。ウェールズくんだりから、なんで日本に来なきゃならんのだ。指名手配をされたわけでもないだろうに。

いまは男の子が乱暴ができなくなった。おとなしくて、親の言うことを聞いて、礼儀正しくて、いい子が多い。でもみんながそうなる必要はない。自分がそうなるしかないものになれたら、それでいいんじゃなかろうか。

昨日は島根県の匹見で虫採りをした。山道のわきに生えている草を掬って、ゾウムシを捕まえる。何種類か採れる。山道を歩いていくにつれて道端の草の種類が変わってくる。日当たりも違うし、尾根にだんだん近づいて、谷川からの距離が遠くなる。だから植物が変わり、虫の種類も違ってくる。ところで、何匹も採れるけど、この虫はどの草を食べているんだろうか。そう思って、確認しようとするけれど、なかなかわからない。一時間ほど経って、まだ一キロも進んでいない。ああ、これじゃあ寿命が終わっちまうよ。

　でもこういう生活がしたかった。それができて嬉しい。昨日は津和野の地倉沼に行って子どもたちと虫採り。子どもなんてどうでもいい。私は虫を採りに来たんだからね。でも私がなにもしなくても、子どもたちは虫をどんどん見つけて、ワアワア言って、それで遊んでいる。なんだ、俺と同じじゃないか。

　ニコルさんは熊が好きらしい。どこか似てるもんね。村長には人と熊と、どっちが大切か、と訊かれたらしい。昨年、大菩薩で虫採りをして、車で降りてきたら、村の道を熊が歩いていた。熊もいまでは藪漕ぎするより、道を歩く。そのほうが楽でしょ、どう考えたって。野生の草より栽培している作物のほうがおいしいに違いない。動物だってそう思うから、畑を荒らす。人家に近づく。

　人は生き物と共存している。お腹の中には百兆の細菌が住んでいるという。それでも除菌！　というのが現代人である。自分の口の中も見たことがないらしい。顕微鏡でちょっと見てみたら、微生物がたくさん、元気に泳ぎ回っていますよ。

ニコルさんはそんなことはよく知っている。日本人がひたすら壊している日本の自然を守っている偉い人である。どうして日本人が自分でやらないんだろうね、本当に。

対談を終えて　C・W ニコル

我々は何であるか。我々はなぜ存在するのか。我々は誰なのか。

「我々は何であるか」という問いに関して、養老孟司先生ほど深い知識と洞察を持つ人は、どこを探してもいないでしょう。先生はありとあらゆる状態の人体を調べ、研究してこられました。人体のあらゆる部位の機能に精通していらっしゃいます。私のような人間は、彼の知識に及ぶべくもありません。

ですが、私も動物学を学び、その後、フィールドワーカーやハンターとして活動する中で、解剖したり、または単に食用とする目的で屠殺することもありました。そしてミミズからクジラまで、ありとあらゆる動物のデータを、現地で集めてきました。人間と哺乳類の間には、相違点よりも類似点の方が多いということに、私はいつも驚かされていました。

「なぜ我々は存在するのか」という問いは、シンプルかつ複雑なものです。ですが、私には、考え方の根本的な指針がありました。それは、人間が地球上の他の全ての生物とＤＮＡを共有している、という考えです。私たちの祖先は、海から現われ、地上のあらゆる環境を生き抜くよう適応しました。火の使い方を学ぶはるか前から、走ったり、跳んだり、登ったり、避けたり、隠れたり、追いかけたり、捕まえたり、戦ったりしていました。石を投げたり、棒で叩いたりできるようになりました。周囲の環境に注意を払うようになり、あらゆる身近な生物に関する深い知識を得ました。

人類は、地上に広がっていくにつれて、自分自身を変えるだけでなく、環境をも変えたのです。中には素晴らしい泳ぎ手になる者がいました。彼らは、いかだ、カヌー、船をつくりました。このためには、海を知り、海を尊敬する必要がありました。また、中には、世界の最も寒冷な地域に順応した者もいました。彼らは、雪から家をつくり出し、犬ぞりで長距離を移動することができたのです。船や犬ぞりの操縦を身につけるためには、自身の身体と感覚を使いこなす必要がありました。考えの甘い軟弱者では、流れの速い川をカヌーで下ることも、15匹の荒ぶるハスキー犬の群れを手懐けることも、できなかったのです。

「我々は誰なのか」。おそらく、私たちはみな、自分自身の答えを持っているはずです。私自身は、私が誰なのか、何をしてきたか、残り数年の人生をどのように過ごしていきたいかを知っています。私は、身体と感覚が体験したことの総体なのです。

相手を見つけ、この世界に子孫を残すためには、男は、ほかの男との競争に勝つ必要がありました。男は、食糧をもたらす必要がありました。また、女性と子どもを守り、食物を与え、安全を保証できることを、女性に確信させる必要がありました。男は、特に身勝手な生き物です。だから、このようなことをするためには、熱烈で、ときとして痛みを伴い、また信じられないほどの喜びをもたらす感情、つまり「恋に落ちる」ということを経験する必要がありました。

これら全てのことは、身体と脳を融合するということなのです。私たちはそのようにして、進化してきたのです。脳が身体を動かします。しかし、同じくらい重要なのは、身体もまた脳を動かすということなのです。

何千年もの間、医者や教師は、運動の重要性を説いてきました。鹿を追い回したり、剣を振り回したりする必要がない段階まで社会が発達したとき、あらゆる種類のスポーツが生まれました。スポーツのほとんどは、狩りや戦いに必要とされる動きが基になっています。問題は、スポーツが、より面白く、より発展するにつれて、大多数の人々は、観戦する側に回るようになってしまったということです。いまや、何百万の人々が、椅子から立ち上がることなく、スポーツ観戦に没頭しています。

とりわけ、過去20年の間、現代人、それも特に若者が、周囲の状況に無頓着になっていることに対して、私は危機感を持つようになりました。混雑した街の中を、「スマートフォン」に夢中になって歩く人々は、周りの人や、自転車や、車などに全く注意を払いません。いまや、多くの若者が、腕立て伏せも懸垂もできません。若いウェイターやウェイトレスを、いらいらして何度も呼んだことはありませんか？　彼らは周辺視野を失ってしまったようです。多くの子どもは、バランス感覚がありません。簡単に転び、ケガをします。多くの現代人は、恋に落ちたことがありません。恋の充実感を味わったこともありません。私は、単にセックスのことを話しているわけでないのです。あらゆる形式や種類のヴァーチャルセックスが、指先一つで手に入るのであれば、わざわざ、恋に落ちるという苦行に身をゆだねる必要があるでしょうか。

私自身は、20世紀の前半に、生まれ育ったことを幸運に思います。また、身体と感覚を使い、苦労して物事を身につける必要がある環境に身を置けたことも、ありがたいことでした。75歳になり、膝もきしむし、背中も痛みますが、運動したあとは、健やかで、幸せな気分になります。大なるもの、小なるもの、自然界のあらゆるものに、癒しをもらっています。

鋭い知性と、心地よい自然なユーモアを兼ね備えた養老孟司先生、そのような方と過ごした時間は、素晴らしく、知的刺激に満ちていました。

ありがとうございました。

文庫版解説

文字通り出会うべくして出会われた御二人の対談本と言えると思う。そう断言出来るのは、私もこの御二人には直接お会いして親しく話をさせていただいているからである。なかでも養老孟司先生とは1990年の9月の末頃に初めてお会いし、その後、対談共著を2冊、雑誌や本の中で対談させていただいた数はもう数えきれない。

養老先生に初めてお会いした直後、「昨日はありがとうございました。武道についてはじめて目のさめる思いを致しました。従来これを知らずに過ごしていたとは不覚の一語に尽きるようです」と、大変過分な文面のお手紙をいただき感激したことは記憶に深く刻まれている。

C・Wニコル氏とは2003年の11月中旬に新宿のホテルでお会いした。いったいどういう経緯でお会いすることになったのか、その流れはよく記憶していないが、多分その頃、NHKのテレビ関係者とは頻繁に会っていたので、その流れでお会いしたのだと思う。

お会いしてすぐ、今の若い人達が野外で火を燃やすことが簡単に出来ない話や、刃物の使い方がまるで出来ていない話などで盛り上がった。この時、ニコル氏御自身が大切にされていた鉈を、ある雑誌の編集長に貸したところ、その編集長はその鉈で木の枝を切る時に、その枝を置く台に石を使おうとしたそうである。これを見て、あまりの刃物に対する無知ぶりに、その編集長を「殺したくなるほど腹が立った」というお話に、「ああ、そりゃ一瞬目を疑うほどのショックがあっただろうな」と共感した私は、この時のニコル氏の表情を今でもハッキリと憶えている。

ただ、こう書いても、この解説を読まれた人の中には、ニコル氏も私も何にそんなにショックを受けたのか判らない人もいるかと思うので解説をしておく。木の枝を鉈で切って、焚き付けの材料にする際、木の枝を置く下の台はシッカリとした物が望ましいが、その台の上に置かれた枝を鉈で勢いよく切れば、当然鉈の刃は勢い余って木の枝を切ってなお台に打ち込まれる。それが石であれば、枝は切りやすいかもしれないが、当然鉈の刃は石に当たって損傷する。したがって、多少なりともそういう作業を経験していれば、台はシッカリとした木の台を使うことは本能に刷り込まれているほど当然の事なのだ。しかし、経験がないというのは悲しいもので、そういう常識中の常識も知らないと、とんでもない事をしてしまうのである。

本書の中でも、ネズミを知らずに育った猫が、成長してから初めてネズミに出会って、ビックリして飼い主に噛み付いた話が出ているが、昨今の感染症対策の徹底キャンペーンで、またどれほど多くの子ども達が強迫神経症のような潔癖症になってしまい、それによって免疫の形成が妨げられ、将来アレルギーやさまざまな健康に問題を抱えることになるかわからない。

感染症対策という目先の感染症の罹患を恐れるがための行為が、長い目で見た場合「人が人として人らしく生きる」という可能性をどれだけ潰しているかわからない。こうした愚行は「刃物は危ないから」と子ども達に刃物を使わせないようにしている教育とも共通していると思う。
この事については本書の中で触れられているが、とにかく戦後の教育は年々目先の安全にばかり捉われ、将来のことを広い視野から考えるという事が欠如してきたとしか思えない。2020年から始まったCOVID-19のパンデミック対策は、医学の専門家と言っても感染対策を推進する立場の人達の意見ばかりを取り入れてきた。その結果、それを実施するとどういう問題が起こるかということを、およそ考えなくなった政治家や行政の担当者によって推進され、もうマスクが外せず、強迫神経症に罹ったような人間を大量に作り出してしまった。

生き物が「生きる」という事は、常にリスクがある中で生きているという事であり、だからこそドラマが生まれるのだと思う。安全・安心ばかりが強調され、危険さを減らす事が人類の進歩だと思い込んでいる人間が、国民の学歴が高くなった社会になって増えたように思う。しかし、大卒は増えても人としての知性と感性の低下は、それに反比例しているような感がある。

ＡＩの進歩などもあり、もう教育も今までのようなやり方を大きく変えねばならないと思うのだが、実情は全くそうなっていない。養老先生などは常々一番好奇心が旺盛な年頃の小学生を教室という狭い空間に閉じ込めておくような現在の小学校の教育など「虐待といってもいい」とまで講演会などでしばしば断言されている。

また、養老先生は現代の参勤交代として都会で働く会社員などが、時々田舎に行って山仕事などを行なうことをかなり以前から勧められているし、1日のうち5分でも10分でも人が作ったものではない自然の森などを見ることを勧められている。

あらためて言うまでもないが、人間はこの地球という星の自然の中で育まれ進化してきた。今は様々なテクノロジーの進化で、およそ森などの自然環境とは隔絶した環境の中で多くの人が暮らしているが、そうした自然環境からの隔たりは、人間の心身両面に様々な形で問題を生じさせていると思う。

ただ、そこで起きた問題を医学やテクノロジーの発達で何とかしようという傾向が現代では主流となっている。そのため、人々の身体も感性もこれからますます瑞々しさを失い、機械の部品のような状態になっていくのではないかと危惧される。

それこそが文明の進歩だと漠然と考えている人が少なくないように思うが、これは見方を変えれば奴隷である。昔は鞭で叩いて奴隷を指図したが、これからの時代は「これは貴方達のためだから」という言葉で奴隷化が行なわれるようになると思う。そうした奴隷化されない方法の一つが、先ほど述べたように一日僅かでも人間が作ったものではない木々などを観、それに触れることなのだろう。そうした環境を通し、人間も育み、他の生き物も育んできた大きな自然の力に直に触れることが大切なのだと思う。

私などは木に囲まれていないと生きている気がしない人間なので、私の自宅には昔からかなり木が生えていて、中には一抱えはある木も数本生えている。そこに今はマンションになった元竹林から地下茎を伸ばしてきた孟宗竹も数十本混じるようになり、今も木や竹に埋もれるようにして過ごしている。ただ、そんな木々に囲まれて暮らしている私が、この解説を依頼されて書いている間に衝撃的な体験をした。

それは、今年（2023年）9月の中旬に、人が自然と触れ合うことで現代人が失いつつある自然との関係を思い出してもらう取り組みをしているアースマンシップというところから講師として招かれて、二泊三日の合宿に参加した時に起きた。

合宿2日目の朝、このアースマンシップの代表である岡田淳氏によるネイティブアメリカンの歩法の実演と解説があった。私も以前からそういったものに関心はあったので、ある程度の知識はあった。そこで、解説を聞いて気楽にこの歩法を真似て数歩歩いてみた時、今まで感じた事もない衝撃を受けたのである。

何がそんなに衝撃的だったかというと、私は今まで武術の研究の一環として効率のいい身体の使い方を工夫研究してきたのだが、岡田代表の歩法に触発されて自分でもそれを真似て数歩歩いた時、今までの自分はこの地球という大地の中で育ちながら、この「母なる大地」と交流を持ちつつ歩くという事を一度もしてこなかったという事に気付かされた。「ああ、何という事だ」と、その慚愧の思いに、ちょっと身動きが出来なくなったのである。そのため、私が立っていた場所から200メートルほど先に見える建物への道のりが、とてつもなく遠く感じられ呆然とした。

「いったい自分はどうしたらいいのか」と、人間にとって歩くという基本中の基本もわからなくなった思いだった。そのため、宿舎となっていた築百数十年の古民家の周囲を十数メートルほど這うように歩いていると「その事が判ったなら、これからこの事を肝に銘じておけ」という声なき声が心の中に響き、その瞬間に先ほどの建物は、今までと同じ「近くの建物」として見えてきた。ただ、私の中で何かが変わった事は確かである。

実に不思議なことだが、この岡田淳・アースマンシップ代表は、かつてアファンの森のスタッフの一員としてC・Wニコル氏が立ち上げられたレンジャー養成学校の初代実習担当教官をされていたとのことで、その巡り合わせに驚いた。

人と自然の在り様は「こうあるべきだ」と安易に断定できることではないと思うが、あらゆる前提や思い込みを出来るだけなくし、素になって人とそうした自然の関係はどう在るべきかを、自然の山や沢、木々と向き合って問う事は、何かとても大事な事のように思えるのである。

2023年9月　甲野善紀

養老孟司／1937年神奈川県鎌倉市生まれ。解剖学者。東京大学名誉教授。1962年に東京大学医学部を卒業。1981年、東京大学医学部教授に就任。1995年に東京大学を退官。脳科学や人間の身体に関するテーマをはじめ、幅広い執筆活動を行う。昆虫研究でも知られ、2022年7月まで福島県須賀川市の科学館「ムシテックワールド」の館長を務めた。著書に『養老先生と虫』（山と溪谷社）、『バカの壁』『「自分」の壁』（新潮社）ほか多数。

C・Wニコル／1940年英国ウェールズ生まれ。作家、環境保護活動家、探検家。カナダ水産調査局主任技官、エチオピア・シミエン山岳国立公園長などを歴任後、1980年長野県に居を定める。1986年、荒れ果てた里山を購入し『アファンの森』と名付け、森の再生活動を始める。2002年「一般財団法人C.W.ニコル・アファンの森財団」を設立し、理事長となる。著書に『勇魚』（文藝春秋）、『風を見た少年』（講談社）ほか多数。2020年、79歳で逝去。

構成・文　青山聖子
取材協力・写真提供　一般財団法人C.W.ニコル・アファンの森財団
あとがき翻訳　日永田伸一郎
カバーデザイン　美柑和俊（MIKAN-DESIGN）
本文DTP　株式会社千秋社
単行本版編集・写真　草柳佳昭
文庫版編集　平野健太（山と溪谷社）

＊本書は、2015年発行の『「身体」を忘れた日本人』を一部加筆・訂正したうえで文庫化したものです。内容は、2014年5月および6月に行った対談を元に構成しており、本文中の表現は対談収録時点のものです。

「身体」を忘れた日本人
JAPANESE, AND THE LOSS OF PHYSICAL SENSES

二〇二三年十二月五日　初版第一刷発行

著者　養老孟司　C・W ニコル
発行人　川崎深雪
発行所　株式会社　山と溪谷社
郵便番号　一〇一－〇〇五一
東京都千代田区神田神保町一丁目一〇五番地
https://www.yamakei.co.jp/

■乱丁・落丁、及び内容に関するお問合せ先
山と溪谷社自動応答サービス　電話〇三－六七四四－一九〇〇
受付時間／十一時～十六時（土日、祝日を除く）
メールもご利用ください。【乱丁・落丁】service@yamakei.co.jp
【内容】info@yamakei.co.jp
■書店・取次様からのご注文先
山と溪谷社受注センター　電話〇四八－四五八－三四五五
ファクス〇四八－四二一－〇五一三
■書店・取次様からのご注文以外のお問合せ先
eigyo@yamakei.co.jp

印刷・製本　大日本印刷株式会社

＊定価はカバーに表示しております。

Printed in Japan ISBN 978-4-635-04984-9